ABRAÇOS NEGADOS

Coleção dirigida por Sérgio Telles

simone paulino

ABRAÇOS NEGADOS

© 2005 Casa do Psicólogo Livraria e Editora Ltda.
É proibida a reprodução total ou parcial desta publicação, para qualquer finalidade, sem autorização por escrito dos editores.

1ª Edição
2005

Editores
Ingo Bernd Güntert e Myriam Chinalli

Editora Assistente
Christiane Gradvohl Colas

Assistente Editorial
Sheila Cardoso da Silva

Produção Gráfica & Editoração Eletrônica
Renata Vieira Nunes

Projeto Gráfico da Capa
*Tron Comunicação,
sobre a obra* Painting, *de Jackson Pollock*

Revisão
Christiane Gradvohl Colas

**Dados Internacionais de Catalogação na Publicação (CIP)
(Câmara Brasileira do Livro, SP, Brasil)**

Paulino, Simone
Abraços negados / Simone Paulino. – São Paulo: Casa do Psicólogo®, 2005 – (Coleção Além da Letra).

Bibliografia.
ISBN 85-7396-382-4

1. Memórias autobiográficas 2. Paulino, Simone 3. Prosa brasileira I. Título II. Série.

05-3969   CDD- 869.9803

Índices para catálogo sistemático:

1. Memórias: Literatura brasileira 869.9803

Impresso no Brasil
Printed in Brazil

Reservados todos os direitos de publicação em língua portuguesa à

Casa do Psicólogo® Livraria e Editora Ltda.
Rua Mourato Coelho, 1059 Vila Madalena 05417-011 São Paulo/SP Brasil
Tel.: (11) 3034.3600 E-mail: casadopsicologo@casadopsicologo.com.br
site: www.casadopsicologo.com.br

*Em memória de meu pai,
José Paulino.*

"*Mesmo um menino sabe, às vezes, desconfiar do estreito caminhozinho por onde a gente tem de ir – beirando entre a paz e a angústia.*"

João Guimarães Rosa

Prefácio

Já na primeira frase, ao dizer que *mas parece que é mesmo lá na infância, naquele terreno movediço, que a alma da gente cria raiz,* e, ainda, que *Toda fantasia, todo choro, todo riso está lá, num começo que nunca acaba. Depois da infância, tudo é só um lembrar lamentoso,* Simone Paulino vai avisando o leitor que a seguir vem prosa poética. Parafraseia o *La poésie, c'est l'enfance retrouvée,* de Baudelaire, e tantas outras associações da infância ao poético. Logo adiante, ao falar, em "O Amarelo e o Roxo", em *estranhas e coerentes mensagens das cores,* Simone retoma o que Baudelaire dizia em seu soneto *Correspondências,* em que o patrono dos poetas malditos viu, como aspectos de *uma vertiginosa e lúgubre unidade,* que *os sons, as cores e os perfumes se harmonizam.* Ilustra, à perfeição, a idéia baudelairiana das sinestesias, das correspondências entre planos distintos da realidade e das sensações, nesse trecho, e ao longo de sua narrativa, buscando reconstituir *os cheiros da minha vida. Aromas guardados em pequenos frascos imaginários, os quais poderei sempre soltar no ar, todas as vezes que um vento de saudade chegar perto de mim.*

Isso, em um aparente contra-senso, para narrar sua infância de origem nordestina e pobres periferias urbanas, começando pela morte do pai, assassinado quando ela tinha cinco anos. Mas como, talvez pergunte algum leitor: toda essa prosa poética, essa extrema delicadeza, para narrar a história de uma filha de migrantes? Como é que pode, diante de tamanhas carências, e ela a enxergar *O aroma da harmonia. O odor da união. O perfume do entendimento. A fragrância da esperança?* Não seria de se esperar, antes, que carregasse nas tintas do drama, da tragédia, para conferir vigor à sua denúncia? Mas é justamente nisso que reside a originalidade da prosa memorialística de Simone Paulino: no modo como, por meio de detalhes, fragmentos, percepções das pequenas coisas, cores, sensações de frio e calor, sabores, texturas, impressões táteis, ela vai reconstituindo seu passado e recriando o mundo. Com precisão, em uma prosa acima de tudo fluente, realiza seu propósito de *montar um álbum de recordação diferente.* Impelida pela memória, matriz da criação e do conhecimento, e também por sua experiência como jornalista e leitora de poesia de qualidade, é capaz de *catalogar e datar, ainda que em tempos imprecisos, todos os aromas que fizeram parte da minha infância.* Sabe que a palavra é criadora; que escrever não é apenas retratar uma realidade, porém refazê-la pela imaginação: *De vez em quando, sinto saudades de coisas que não vivi. Lembro-me de lugares por onde nunca passei.* Nesse processo, encontra sua identidade: *Ou sou eu apenas, imputando uma divina trama à natureza, na ilusão de viver eternamente.* Redescobre a sertaneja que não chegou a ser, mas é -- uma sertaneja poética. Faz pensar em um encontro de Proust (que entendeu plenamente o sentido das correspondências baudelairianas e empreendeu uma busca do passado a partir de sinestesias), Graciliano (cujo protagonista também se reencontrou na leitura, na palavra escrita) e Guimarães Rosa (naquelas passagens mais epifânicas da prosa poética de *Primeiras Estórias*). Há uma referência, não sei se intencional, mas evidente, ao autor de *Em busca do tempo perdido*, quando diz que seu murcho pão-bengala de infância em nada se assemelhava à crocante versão francesa – menos ainda, poderia ter acrescentado, à *madeleine*.

Haveria mais a dizer sobre Simone Paulino. A prosa poética que encerra o livro, *Dos mistérios da escrita*, com algo de borgeano, é sobre a palavra. Expressa a crença em um mundo criado a partir da linguagem. O diálogo com o autor de *O Aleph* é uma constante na literatura contemporânea. Exatamente por isso, por aventurar-se em referências diretas a autores tão lidos e tão escritos como Borges ou Drummond, é que se torna mais evidente a originalidade de Simone Paulino, o caráter pessoal de suas leituras e de suas experiências poéticas e da escrita que delas resulta.

Trechos de Simone Paulino foram publicados, pela primeira vez, em uma seção de autores novos ou ainda pouco conhecidos na revista *Cult*, sob minha orientação. Dali chegaram à atenção de Sérgio Telles, narrador, crítico e responsável por esta coleção. Temos, portanto, uma estréia literária. Um começo. Novas oportunidades virão, permitindo que o leitor volte a encontrar-se com os relatos entremeados de poesia de Simone Paulino.

Claudio Willer
Tradutor, ensaísta, autor de diversos livros.
Ex-presidente da União Brasileira de Escritores.
Co-autor da revista eletrônica *Agulha*.

Sumário

PREFÁCIO, *Cláudio Willer* 9
ORIGEM 15
CHÃO DE INFÂNCIA 17
O AMARELO E O ROXO 19
EM NOME DO PAI 21
A EMBOSCADA 25
MEMÓRIA DA SECA 29
PÃO, FÉ E PINGA 31
NOITE INFELIZ 33
A MALDIÇÃO DO ESPELHO 37
DESIMPORTÂNCIAS 41
TRENS E APITOS 45
DA DIFÍCIL ARTE DE FABRICAR SAPATOS 47
BANANAS VERDES 51
PRIMAVERA 53
ABRAÇOS NEGADOS 55
TEMPO 59
FARÓIS DO ABANDONO 63
CHEIROS DA VIDA 65
ADEUS ANO VELHO 69
MÃOS 73

TRAVESSIA	75
TATUAGEM	77
DE BALÕES E DE SONHOS	81
AMOR DE SUBÚRBIO	85
ENGANO	89
QUASE PECADO	93
TEMPESTADES	99
DESTINO	107
DOS MISTÉRIOS DA ESCRITA	109
SOBRE A AUTORA	**123**

Origem

"Ao escolher as palavras com que narrar minha angústia, eu já respiro melhor. A uns Deus os quer doentes, a outros os quer escrevendo."

Adélia Prado

Chão de infância

Engraçado, mas parece que é mesmo lá na infância, naquele terreno movediço, que a alma da gente cria raiz. Toda fantasia, todo choro, todo riso está lá, num começo que nunca acaba. Depois da infância, tudo é só um lembrar lamentoso. Eu tenho tanta saudade, que de vez em quando dá vontade de voltar no tempo. Se existisse uma cerca pra pular de volta, acho que ficaria mais do lado de lá, no meu "chão de infância", naquela terra fértil de onde tirei o adubo para o meu crescer e da qual até os momentos tristes me fazem falta.

Gosto de cama quente e bagunçada no inverno. Mantas e travesseiros macios. Canecas de chá na cabeceira. De preferência, acompanhadas de chocolate em barra, para derreter na boca com o calor do líquido quente. Prazeres que só tive no futuro da minha meninice. Mas às vezes queria o meu frio da infância, sem agasalho, sem pijamas, sem meias.

O inverno naquela época era mais quente, ainda que o frio às vezes gelasse até os ossos. Dormíamos todos na mesma cama, e o que era ruim, ficava bom: a mãe sempre ao alcance da mão na hora do pesadelo, o carinho da coberta pouca, esticada aqui e acolá para cobrir os pés gelados. Oito pés debaixo de um mesmo cobertor. Mas era bom dividir o que não tínhamos.

Presenciar todo dia um pequeno milagre da multiplicação. Lembro que a mãe sempre dizia: "Tem fé em Deus minha filha, que amanhã vai ser outro dia e tudo vai melhorar". E o outro dia chegava, sem nada de muito novo na nossa vida. Até que, em algum momento, os outros dias dos quais minha mãe falava começaram mesmo a chegar. Hoje é um daqueles outros dias. Tranqüilidade. Cadeira confortável a suportar meu peso. A luz alaranjada do sol a entrar pela janela, iluminando a mesa do computador. Uma fonte artificial a reproduzir o barulhinho de água corrente. Nada de frio. Nada de fome.

Mas não estou muito mais feliz que antes. Na verdade, acho que a carência da infância me moldou para ser triste. É assim há muito tempo. Até quando estou feliz, fico olhando em volta, procurando nem que seja um pouquinho de melancolia para completar minha alegria.

Deve ser por isso que ao pegar uma estrada e ver um casebre tosco e solitário, plantado no meio do nada, sinto certa inveja daquela vida de pouquidão que eu tive e que deixei para trás. Uma vida na qual toda e qualquer alegria vira um padrão de felicidade inalcançável, porque mergulhada no maravilhoso e inesquecível terreno movediço da infância.

O AMARELO E O ROXO

Eu tinha apenas cinco anos. Não tenho certeza, mas acredito que ainda estava aprendendo a distinguir e a nomear as cores. Até então, a única referência que eu tinha do roxo era um medicamento que os adultos chamavam de violeta. Um líquido meio pastoso usado para curar sapinho e boqueira, duas espécies de feridas que, por alguma razão desconhecida para mim, pipocavam na boca das crianças do lugar onde morávamos. Ela, a violeta, deixava a pele bastante manchada, e a cor roxa só desaparecia muitos dias após a aplicação.

Se até ali a minha relação com aquela cor fora distante, a partir daquele ano, ela passaria a preencher um grande espaço no meu pensamento, que devia ter naquela época a fragilidade de uma teia de aranha quando ainda está sendo tecida.

No meio da cozinha apertada, de chão cimentado e rodeada de cadeiras velhas, lá estava ela. Mais roxa do que nunca, ocupava quase todo o espaço, apertando as pessoas contra a parede. Sua dimensão tornava-se ainda mais gigantesca quando nela se refletia a luz das velas que decoravam o ambiente.

Que estranho poder tinha aquela cor! Angustiava, entristecia, apertava o peito e fazia chorar. E como as pessoas choravam... Cada uma choramingava baixinho, mas juntas, e naquele espaço tão desproporcional à quantidade de ocupantes, formavam um coro horrendo, uma ladainha que parecia ecoar por toda a casa.

Mas felizmente, o roxo não reinava ali sozinho. Discreto, acanhado, mas presente, ali também havia o amarelo. Eram apenas duas linhas finas, porém, sobrepostas à maligna robustez do primeiro, pareciam ganhar um brilho forte e resplandecer. E era nele que eu me concentrava. Ele, o amarelo, também era dotado de poder, mas de um poder diferente: alegrava, inspirava e conseguia fazer descer goela abaixo o nó que o roxo deixava na garganta – não sei se na de todos, – mas pelo menos na minha.

Muito tempo se passou desde aquele dia, mas guardo essas duas cores até hoje no coração. Elegi o amarelo como uma das minhas preferidas e sinto-me encorajada toda vez que me deparo com ele, seja nas paredes das casas, nas pétalas das flores ou no brilho do sol. Já o roxo... Bem, consegui redimi-lo da culpa pela minha tristeza, mas mantenho distância, pois jamais pude fitá-lo sem lembrar daquela ocasião.

Aprendi muitos anos depois que ele, o roxo, é símbolo de espiritualidade, e por isso estava ali naquele dia. Roxo e amarelo, ou como eu prefiro definir, amarelo e roxo, eram as cores daquele caixão. O caixão onde estava deitado o pai, que não viveu o bastante para descobrir as estranhas e coerentes mensagens das cores.

Em nome do pai

A lembrança que tenho do pai não é exatamente o que se poderia chamar de recordação. Recordar é lembrar novamente, e na verdade não me lembro dele. O que se mantém gravado em minha memória é a imagem do seu rosto, porém ela foi elaborada a partir da única fotografia sua que eu cheguei a ver na vida, e não de uma lembrança real. É uma três por quatro, em preto e branco, que adquiriu um tom sépia com o passar do tempo. Ela ilustra a única folha que restou do que um dia foi sua carteira de trabalho. Olhando-a num primeiro momento, quase nada é possível adivinhar sobre a personalidade do pai. Só com muito esforço consegue-se arriscar uma ou outra impressão. A musculatura tensa do rosto mostra o quanto devia estar incomodado por ter de posar para as lentes de algum desconhecido. Os olhos pequenos, que traziam algo de rude, quase de mau, se harmonizavam com o resto do rosto, especialmente com um bigodinho que parecia ser o guardião da boca, garantindo que, dali, nem mesmo um meio sorriso escaparia. Os cabelos mal cortados e um terno sem caimento, com um nó de gravata dos mais desleixados que se podem imaginar, denunciavam o quanto era desprovido de vaidade, ou pelo menos das condições financeiras e psicológicas para se ocupar com ela. Além do mais, é provável que a vestimenta não fosse dele. Na época, era comum os fotógrafos terem uma roupa para emprestar aos clientes que não estavam, digamos assim, preparados para fazer o retrato. Talvez aí também residisse o desconforto do pai. Acho que nunca tinha usado terno e gravata. É possível que aquela tenha sido a única vez em que se vestiu assim na vida, o que só serve para dificultar ainda mais a criação da imagem real dele. Mas como disse, é literalmente o retrato que guardei. Afora isso, não sei se era alto ou baixo, se tinha a barriga saliente característica da meia idade ou não. Também não tenho idéia se tinha todos os dentes ou se os seus pés eram grandes. Somente do seu polegar guardo uma vaga noção anatômica. Mais especificamente, do polegar direito. Ele, ou melhor, os contornos dele, estão estampados na mesma folha da Carteira de Trabalho e Previdência Social, que na época, 1977, era emitida pela Secretaria de Emprego e Salário. A sombra do que foi o dedão do pai, bem grande por sinal, está lá, no espaço ocupado por quem não sabe assinar o próprio nome. O pai não sabia. Sempre lamentei muito isso. Talvez inconscientemente até tenha me influenciado na escolha da profissão: meu trabalho é escrever. Escrevo todos os dias e às vezes penso como seria se o pai tivesse tido tempo de me ver crescer e escrever. Mas não foi assim. O pai foi embora antes mesmo que eu pegasse num lápis pela primeira vez e não deixou muitas lembranças. A vida dele sempre foi meio misteriosa, e não só para mim. Tão parcas quanto as referências físicas que eu guardei do pai eram as informações que tínhamos sobre sua origem. Minha mãe sempre garantira que ele era pernambucano. Só muito tempo depois descobri, nos poucos documentos dele que restaram, a primeira controvérsia – local de nascimento: Monte Alegre do Sergipe, no estado de Sergipe. Puxando pela memória, meu irmão mais velho jurava de pés juntos que o pai era de Bom Conselho de Papacaça, município de Pernambuco. Mas essa seria apenas a primeira de todas as incongruências que eu encontraria na história do pai. A segunda estava poucas linhas abaixo, na mesma folha da carteira de trabalho. O nome do pai do pai não aparecia ali. Até aí, tudo bem. Ele não seria nem o primeiro nem o último dos homens a ser registrado apenas no nome da mãe. Mas esse era outro problema. O sobrenome da minha avó não era o mesmo que o dele; então, de onde viera o nome do pai? Diz a lenda que ele teria saído de Pernambuco fugido. Segundo contam os mais velhos da família, teria deixado para trás a primeira mulher e dois filhos. Essa talvez fosse uma explicação para a origem duvidosa do pai. É possível que tivesse mentido ao tirar o documento, na tentativa de se manter na clandestinidade. Essa hipótese, no entanto, gera uma dúvida ainda mais cruel: será que o nome do pai era mesmo o que eu herdei como sobrenome? Afinal, pode ser que também nisso ele tenha mentido. E, se for assim, as únicas coisas irrefutáveis que eu poderei guardar sobre o pai são o rosto estampado naquela foto e a sombra do seu dedão.

A EMBOSCADA

O pai era um homem de sangue quente. Não sei se pela ascendência nordestina que dava a ele alguma identificação com o mitológico e conterrâneo Lampião, ou por causa das generosas doses de pinga que tomava todos dias, chovesse ou fizesse sol. Não tinha medo de nada e não levava desaforo para casa. Contam que uma vez reagiu a um assalto, quando percebeu que a arma dos moleques que o abordaram era um revólver velho e enferrujado. Botou os delinqüentes para correr e se gabava muito disso, dizendo que era um "cabra macho" e não ia se borrar à toa por causa de uma garrucha enferrujada.

Semanas depois, vinha caminhando pelas trilhas escuras perto do rio, com certeza meio apressado. Voltava do trabalho como fazia todos os dias. Devia estar muito cansado. Sempre estava. O serviço era pesado. Passava o dia todo descarregando caminhões que chegavam a São Paulo abarrotados de sacas de arroz, trigo e feijão.

A mãe dizia que às vezes formavam-se feridas nos seus ombros, tal era a carga que carregava. Provavelmente tinha sede também. Eram muitos os quilômetros que separavam a firma da nossa casa. A maior parte do trajeto era feita de trem e completada por um ônibus. Mas como o dinheiro era curto, quase nunca dava para pagar duas conduções e ele chegava em casa a pé, mesmo. Até por isso, imagino que suas pernas doessem. Além do exercício extra que fazia para economizar, trabalhava invariavelmente em pé e só parava para comer a modesta marmita. Suspeito, no entanto, que ainda lhe restava uma faísca de ânimo. As forças físicas ao certo estavam esgotadas, mas desfrutava o prazer do dever cumprido. Gostava de trabalhar. Podia ter – como de fato tinha – muitos outros defeitos, mas não fazia "corpo mole". Era um homem trabalhador. "Um pai de família", como sempre repetia. E de família grande. Sete filhos e a mulher.

Estava acostumado à vida dura. Aprendera a conviver com a própria sina. Sempre trabalhara muito e ganhara pouco. Quase nunca reclamava da sorte.

Fora um homem da roça. Colhera feijão e algodão nas fazendas de várias regiões do país. Até decidir vir para São Paulo, como tantos outros, em busca de uma vida melhor. E ali estava a caminho de casa.

Faltava pouco para alcançar o seu quintal. Chegaria, arrancaria os sapatos e faria o cigarro de fumo de corda de que tanto gostava e que lhe deixava umas manchas amareladas na ponta dos dedos. Jantaria, depois dormiria, e, no dia seguinte, antes de o sol raiar, sairia de novo para o batente. Era essa a sua rotina.

No outro dia, no entanto, não saiu. Na verdade, nem chegou na noite anterior. Foi abordado por um, dois, não se sabe quantos assaltantes. Para assaltar não se sabe o quê. Não tinha dinheiro, não carregava nada de valor, só os documentos e a marmita vazia. Foi baleado no peito. O estrondo dos tiros soou por toda a vizinhança, que reconhecia o barulho de longe, já acostumada com a violência que ali imperava. Chegou a ser socorrido pelo filho mais velho, mas não teve forças para contar o que de fato aconteceu. Morreu nos braços dele, a caminho do hospital. Tal como seu ídolo Virgulino Ferreira, foi vítima de uma emboscada. O sangue quente de nordestino lhe escorria do peito.

Memória da seca

De vez em quando, sinto saudades de coisas que não vivi. Lembro-me de lugares por onde nunca passei. É como se estivessem impressos em minha alma os gostos, medos, amores e apegos de meus antepassados. Nunca estive no sertão nordestino. Não conheço aquela região, a não ser pelas imagens do cinema, dos livros, da televisão. Mas tenho a alma fincada naquele chão, como uma estaca que foi martelada na terra ardente até ganhar profundidade para se sustentar através dos tempos.

Se fechar os olhos, posso me transportar para lá, sentir o gosto da terra seca na boca e o sol a me tostar a pele. Sempre gostei de terra seca. Do gosto, do cheiro, da textura, do prazer e do temor de sentir os pés queimarem ao seu calor, e até da poeira que turva a vista quando um vento se levanta.

Da mesma forma, guardo uma preferência íntima por plantas e flores que sobrevivem com pouca água. Tenho um querer diferente pelas árvores secas e cinzas: sem folhas, sem frutos, e tão vivas!

Só dos cactos nunca gostei. Apesar de admirar a força com que encaram a vida, sempre me pareceram sofridos demais, doídos demais, como um Jesus a carregar seus espinhos.

Às vezes, o torpor dessas sensações é tanto, que me pergunto de onde vêm esses gostos tão enraizados.

Não parecem meus. Assemelham-se a sonhos distantes. São como viagens antigas, cujos álbuns se perderam no tempo. Sei apenas que alguns deles ganham força quando lembro do pai, nascido numa daquelas paragens distantes e secas, que de quase tudo carecem.

Essas impressões se agigantam ainda mais quando me deparo na rua com um dos tantos nordestinos que vieram para cá como ele. Eles e suas faces de vincos precoces. Eles, que sempre me dão a impressão de estarem sedentos. Queimados, suados, cansados. São o retrato do pai.

Acho que é o pai que me faz ter vontade de sorrir para essa gente nas calçadas, apertar-lhes as mãos, oferecer um copo de água, uma sombra e contar-lhes uma história. Sentir apreço por eles é dar vazão ao que pai sentiria. É entregar meu corpo à alma dele. É deixá-lo viver um pouco mais, estando ainda em mim.

Meu filho completa dois anos de idade depois de amanhã. Pediu à avó que lhe dê uma sanfona de presente...

PÃO, FÉ E PINGA

O lugar onde morei na infância era envolto em uma atmosfera peculiar. Não era um bairro comum, com praça, padaria, banca de jornal, colégio e feira livre uma vez por semana. Na verdade, não tinha quase nada. Só casas mal construídas, terrenos baldios e botecos, um a cada quarteirão. E era nesses bares que os moradores compravam os dois principais alimentos que consumiam ali: o pão e a pinga.

O pão em nada se assemelhava à crocante versão francesa, que sai quentinha do forno de qualquer padaria de esquina hoje em dia. Ao contrário, era assado em forma de bengala, enrolado num papel pardo, e, invariavelmente, chegava murcho à mesa. Quem não tinha dinheiro para comprar o pão "fresco", podia levar para casa o dos dias anteriores (duro como uma pedra) com um belo desconto.

Mas, como alguém já disse, nem só de pão vive o homem, e acho que é por isso que o povo de lá bebia tanta pinga. A cachaça podia ser adquirida por alguns centavos o copo – aquele do tipo americano. A marca, se não me falha a memória, era *Cavalinho*, e vinha numa garrafa marrom, emoldurada por um rótulo amarelo opaco, onde provavelmente devia estar desenhado um cavalo.

Lembro-me de muitas vezes correr ao bar e voltar devagarinho, de pés descalços pelo chão sem asfalto, equilibrando o copo com uma dose, que ia buscar para uma benzedeira que morava na minha rua, em troca de algumas moedas. Chamava-se Dona Etelvina, e fazia as vezes de médico para o povo dali. Rodeada de ervas, e com um cigarro de palha na boca, receitava fórmulas e benzia de mau-olhado, espinhela caída ou bucho virado. Sempre embalada por generosas doses de cachaça.

Nunca encontrei na minha experiência posterior como jornalista especializada em saúde nenhuma enfermidade que pudesse ser correlacionada aos diagnósticos da benzedeira. Mas o certo é que às vezes havia fila, na porta, de gente querendo se consultar.

Como todo bom curandeiro, a velha não aceitava um único centavo pelo serviço que prestava. Pelo menos, não em espécie. Mas se algum paciente curado pelo milagroso receituário que ela elaborava fizesse questão de retribuir a boa ação, ela não se fazia de rogada: aceitava de bom grado algumas bengalas, um naco de mortadela e, para acompanhar, uma boa garrafa de pinga.

NOITE INFELIZ

Tudo aconteceu numa das noites que antecediam a comemoração do Natal, lá pelo final da década de 1970. Correu de boca em boca, entre os moradores do bairro, que haveria farta distribuição de brinquedos e guloseimas, numa escola não muito longe de casa. A notícia causou um verdadeiro alvoroço. Era preciso se preparar logo. Todos sabiam que um acontecimento daqueles atrairia provavelmente o bairro todo. Ninguém ia querer ficar de fora daquele banquete, muito menos nós.

A mãe soube, da boca de uma vizinha, que seria necessário guardar um lugar na fila na noite anterior para garantir a nossa parte no tal festejo. Ela não titubeou. Juntou numa sacola uns pedaços de pão, uma garrafa de plástico cheia de água, fumo de corda, uns papelotes feitos de palha de milho e uma caixa de fósforo. Na outra, um pouco maior, enfiou três cobertores. Sim, três. Cabiam na sacola porque eram bem pequenos. Pequenos e finos. Tão finos, que era perfeitamente possível enxergar através deles, e depois de enrolados ficavam da grossura de um braço. Era o que a minha mãe chamava de coberta "seca-poço". Nunca entendi direito essa expressão, mas enfim, lá fomos nós, com as duas sacolas, nos juntar a mais umas trinta pessoas, como numa procissão.

Montar acampamento na frente da escola, para mim e para os meus dois irmãos – três pirralhos de sete, seis e quatro anos – era uma aventura e tanto. Para a mãe, só mais uma oportunidade de arranjar o que dar de comer aos filhos. Chegamos e nos enfileiramos ao lado do muro da escola, como se estivéssemos esperando por um fuzilamento, em meio aos empurrões dos mais afoitos. Todos queriam o melhor lugar da fila. Sentamos no chão, a mãe se agachou ao lado e começou a enrolar o primeiro cigarro para enfrentar a longa madrugada. Não dormiria, tinha que ficar de olho em nós, afinal nunca se sabe...

Lá pela meia noite, quando já estávamos desmaiados uns por cima dos outros, bateu o primeiro vento. O lugar era meio descampado, e havia em volta uma fileira de árvores de eucalipto. O barulho das folhas batendo umas nas outras anunciou que vinha frio pela frente. E veio. A temperatura caiu bastante, e até os eucaliptos pareciam se abraçar para se esquivar das rajadas de vento.

A mãe não pestanejou. Arrancou da sacola o que para nós era a salvação da pátria, ou melhor, do Natal: as três cobertas "seca-poço", de cor cinza e com listas vermelhas e brancas nas pontas. Elas caíram sobre nós como se fossem mantas de lã pura. Nós nos espremenos um pouco mais contra o muro e dormimos como se estivéssemos numa cama *king size* de hotel cinco estrelas.

A mãe não se importou com o frio. Aliás, por alguma estranha razão, quase nunca tinha frio, nem fome. Sempre deixava as cobertas e a comida para nós, sem se importar com a própria pele ou estômago. Mas naquela noite teve um momento de fraqueza. Deu um cochilo, nunca soube de quanto tempo, mas o suficiente para acabar de vez com o nosso Natal.

Acordamos sobressaltados e gelados. Algum larápio, aproveitando o descuido da nossa mãe, roubou as cobertas "seca-poço" e nos deixou ao relento.

ABRAÇOS NEGADOS

A mãe botou a boca no trombone, acordou todo mundo que estava na fila, mas não adiantou. Indignada, nos tomou pela mão e voltou para casa chorando. Não só ela, mas nós também. De frio e de tristeza. Não ganharíamos os tão esperados brinquedos e nem as guloseimas prometidas. Para piorar, perdemos nossas cobertas que tanta falta faziam, fosse inverno, fosse verão.

A MALDIÇÃO DO ESPELHO

Sempre tive medo de espelhos. Desde a infância aprendi a olhá-los com uma espécie de temor na alma, e não por acaso. Muitas das lendas que ouvia na minha meninice agigantavam meus pavores e alimentavam a crença de que esses objetos eram dotados de poderes sobrenaturais dos mais horripilantes.

Acreditava que quem olhasse para um deles com o estômago cheio podia despertar sua fúria e ter o rosto transformado numa massa disforme de músculos contorcidos.

Pensava que, se durante uma mudança ele trincasse, era sinal de má-sorte, de que algo maligno aconteceria na nova casa. Também estava convencida de que guardar espelho quebrado atraía tristezas de todos os tipos.

Mas nada era mais assustador que a idéia de que, durante uma tempestade, os espelhos atraíssem os raios, fazendo a noite parecer dia, iluminando até o ponto mais distante que a vista pudesse alcançar.

Toda vez que uma chuva mais forte se desenhava lá longe, ou quando pingos grossos caíam no meu quintal, formando uma estrela no chão e levantando o cheiro de terra molhada, corria a guardá-los nas gavetas, sempre com o cuidado de deixar a parte espelhada virada para baixo, como costumamos fazer com o retrato das pessoas que dizemos não amar mais, embora não tenhamos coragem de jogá-los no lixo.

Uma vez, sonhei que, mesmo depois de me cercar de todos esses cuidados, durante a tempestade, atormentada com a idéia de ser fulminada por um raio, vi umas faíscas de luz se embrenharem pelas frestas da veneziana e pela fenda na soleira da porta e rastejarem até a cômoda onde eu havia escondido um pequeno espelho que tínhamos em casa. Espertos e sorrateiros, os lampejos do raio caído muito longe dali tinham adivinhado o esconderijo que eu criara para aquele objeto sinistro. Tremendo da cabeça aos pés, fechava os olhos e ficava encolhida sobre a cama, esperando, com o coração aos pulos, o desfecho trágico. Acordei com os olhos esbugalhados de terror no exato instante em que o reflexo disparado de dentro da gaveta ia atingir meu corpo e me jogar para longe, sem que me restasse tempo para brincar uma vez mais com a caixa de lápis coloridos com os quais eu escrevia no papel de embrulhar o pão.

    O pesadelo fez com que eu me distanciasse ainda mais dos espelhos. Quase nunca os fitava. Com o tempo, desenvolvi uma técnica especial para desembaraçar meus cabelos sem precisar recorrer a eles, e assim fiquei por muito tempo. Mas o episódio estava longe de ser a experiência mais insólita que eu viria a ter com espelhos. A pior de todas aconteceria anos depois, quando essas lembranças já estavam enroscadas nas teias de aranha que o tempo foi depositando dia a dia sobre cada uma delas.

    Era uma manhã qualquer do mês de maio, daquelas em que o céu adquire um azul intenso, faz frio na sombra, mas a pele da gente chega a ficar meio ardida ao ser tocada pelo sol. Um daqueles dias tão bonitos que dão a impressão de que todos os males do mundo foram aprisionados num vale de pedras profundo e distante.

Acordei com a boca muito seca, como se tivesse atravessado um deserto escaldante e há muito não tomasse um copo de água.

Quando esfreguei a mão nos olhos, na atitude típica de quem vai despertando cada uma das partes do corpo aos pouquinhos, senti uma saliência estranha no rosto, logo acima da sobrancelha.

Fiquei ainda mais aterrorizada ao tatear outros caminhos e perceber que, de uma ponta à outra, estavam tomados daquela estranha protuberância.

Enquanto me perguntava que sinistro feitiço se abatera sobre mim, lembrei-me de que o espelho me diria, sem meias palavras, o que havia acontecido.

Precisava apenas reunir coragem para interrogá-lo, o que era penoso após tanto tempo me esquivando dos seus poderes.

Ainda meio indecisa, fui até o banheiro e cheguei perto da parede onde ficava um espelho já meio velho, com a moldura de madeira cor de laranja se desprendendo.

Coloquei-o em frente ao rosto, com os olhos bem apertados. Devagarinho, fui entreabrindo as pálpebras, até que pude ver meu rosto preenchendo todo o espaço.

Tomei um enorme susto quando percebi minha pele pipocada de pequenas feridas.

O medo fez com que o espelho me caísse das mãos e se espatifasse em milhares de pedacinhos brilhantes pelo chão encerado de vermelho.

Somente muitas lágrimas e minutos depois, minha mãe me convenceu de que o que eu pensava ser uma maldição era apenas de um passageiro surto de catapora.

DESIMPORTÂNCIAS

Eu tinha os olhos grudados no vidro do carro. Olhava sem ver o trânsito lento do lado de fora. Foi quando me concentrei nas gotas de chuva que caíam sobre a superfície lisa. Pequenas, mas com um brilho forte como o de um delicado cristal gelado. Ao tocarem o vidro, desciam lentamente, encontrando-se no caminho com outras, ora maiores, ora menores que elas.

Durante os abraços que trocavam, fundiam-se, até se unirem de todo e ganharem uma nova e única forma. Mais gordas e pulsantes, novamente escorregavam naquela transparência, assim de leve, num ziguezague que mais parecia um balé, até atingir o friso da janela do carro.

Ao chegarem ali, separavam-se então em minúsculos fragmentos e recomeçavam aquele tobogã imaginário, colhendo no brilho das suas iguais a essência daquela quase inexistência, sem qualquer sombra de melancolia. E eu... Eu mantinha meus olhos fixos no vidro e percebia crescer no peito uma enorme vontade de ser gota.

Tem dias que é assim. As desimportâncias da vida ganham forma, voz, e brilham como pedras preciosas outrora confundidas com cacos de vidro. Não faz muito, senti meu coração se encher de emoção ao me deparar com uma joaninha. Sim, uma joaninha. O ser mais encantadoramente desimportante do universo.

Quando era pequena, ficava radiante ao encontrar alguma delas perdida num galho de folhagem ou escondida nos brincos-de-princesa que enfeitavam a cerca da casa vizinha. Sentia um prazer íntimo ao experimentar suas patinhas a roçar minha pele, provocando uma coceira deliciosa e macia. Adorava observá-las bem de perto, me divertindo com suas tentativas de fuga frustradas pelos movimentos das minhas mãos.

Eram boas companhias, aquelas joaninhas. Mas eu nunca entendi muito bem como podiam resistir, tão pequenas e frágeis num mundo projetado para os grandes, embora às vezes me sentisse como elas, um tanto sem norte e pequena demais, no meio da gigantesca carência que me rodeava. Por isso, gostava de brincar em silêncio debaixo das folhagens, no meio das bananeiras e sob os pés de mandioca. Lugares onde o único gigante era eu, e onde as faltas, as ausências e os temores não encontravam espaço para se abrigar.

Naqueles refúgios, me esquecia dos banhos mornos, enfeitados de gracejos e carinhos, que eu não tinha, das melodias doces cantaroladas baixinho e dos pijamas de algodão, limpos e cheirosos, que não embalavam meus sonhos.

Algumas vezes, inventava contos de fadas para minhas companheiras joaninhas, e creio que aqueles seres minúsculos realmente acreditavam em mim. Nas minhas histórias, o pai era um homem bom e calmo e a mãe uma senhora doce e alegre, os dois vivendo sempre em harmonia. Nossa casa tosca ganhava cores nas paredes. As panelas de alumínio que a mãe colocava para secar na janela viravam floreiras repletas de onze-horas. E o cheiro monótono da polenta se transformava num delicioso aroma de bolo de chocolate.

Nesse mundo imaginário, uma fada madrinha nos servia, adornada de flores silvestres, uma mesa farta de frutas secas e olhares úmidos. Montava pratos coloridos e quentes, recheando massas com afagos, dourando carnes em conversas gentis, cobrindo com mel nossas amarguras e nos oferecendo manjar branco, salpicado de alegria e de fé.

E eu... Eu era apenas uma criança feliz que inventava histórias para alegrar uma pobre joaninha.

TRENS E APITOS

Um bom tanto da paciência que ganhei dos deuses quando nasci, larguei em alguma esquina distante da vida, ao ser arrastada pelo turbilhão de tarefas que o cotidiano me impôs desde cedo.

Quando me dei conta disso, as lembranças despertaram de súbito, como as ondas que parecem perder o vigor no caminho até a praia e de repente arrebentam, fortes, espirrando suas lágrimas sentidas em direção ao céu.

A memória reconstituiu fragmentos da criança que eu fui e da gente humilde que morava no bairro onde passei a infância. Uma gente que não parecia ter pressa para nada.

As pessoas dali levavam a vida, ou se deixavam levar por ela, sem se preocupar muito com o passar das horas. Acho que a razão daquela displicência era o jeito tão particular que tínhamos de medir o tempo.

Raramente acompanhávamos as horas pelo relógio ou nos orientávamos pela posição do sol. Para nós, o tempo era medido em trens e apitos. O bairro onde morávamos era dividido por uma linha de trem, que, na época, era o meio de transporte mais usado para se chegar ao Brás ou à Praça da Sé. E eram esses trens, passando de hora em hora, que desempenhavam o papel de despertador para quem precisava cumprir horários.

Havia um trem para a hora de sair para o trabalho, um para começar a preparar o almoço, outro para ir buscar as crianças na escola. Quando a noite caía, eram eles também que regulavam os horários do jantar, do banho, da novela e até o momento de dar o último beijo no namorado antes que o pai desse a ordem para entrar.

Quem, por descuido, perdesse o trem, ou melhor, a hora, podia contar ainda com o apito da fábrica, uma indústria instalada na divisa com o bairro vizinho, e que nós chamávamos simplesmente de Fábrica de Papel.

A exemplo dos trens, o apito da fábrica tocava de hora em hora e, o que era melhor, soava também quando faltavam 15 minutos para completar uma hora cheia.

E era assim, de trem em trem, de apito em apito, que as pessoas do nosso mundo programavam suas atividades diárias.

Muitas vezes, esperava-se o trem ou o apito para começar o dia: levantar da cama, colocar a água do café para ferver, ir buscar o pão ou simplesmente tomar a primeira pinga.

DA DIFÍCIL ARTE DE FABRICAR SAPATOS

Às vezes, sinto saudades do tempo em que eu fabricava sapatos. Há muito não me lembrava disso, mas o meu primeiro trabalho nessa vida foi fabricar sapatos. Comecei no ofício aos 10 anos de idade, numa fábrica improvisada no fundo do quintal de uma vizinha. Sua arte de transformar pedaços de couro em pares de calçados aguçou cedo minha curiosidade. Quase todos os dias eu ia lá e ficava deslumbrada com a habilidade dela para manusear o couro e, magicamente, lhe imprimir a forma semelhante a um pé.

O encantamento aumentava quando eu via as pilhas de sapatos, ordenados por cor e tamanho, se avolumarem rapidamente sobre as mesas, esperando apenas a sola para seguirem seu destino. Eram tantos, e de cores tão diversas, que eu imaginava serem suficientes para calçar todos os pés do mundo.

De tanto me encontrar rondando por ali, um dia Dona Neide me colocou para trabalhar. Acho que adivinhou meu interesse, além de saber da minha precisão.

Comecei separando os pares, que eram costurados uns grudados nos outros, formando uma espécie de centopéia sem pés.

Era preciso ter muito cuidado no manejo da tesoura. Ao menor deslize dos dedos, em vez da linha, cortava-se o couro e a peça já não servia mais.

Logo peguei o jeito, e todas as vezes que um novo monte de sapatos costurados se formava, lá estava eu com uma disfarçada satisfação a me roçar os dedos. Trabalhei com afinco e em pouco tempo aprendi novas funções: passar cola, dobrar o couro com a ajuda de um martelinho, e até refilar.

Só não pude deixar de ser criança. Secretamente, gostava de fazer bolinhas com os restos de cola e me divertia com os retalhos de couro, transformados em pulseiras trançadas e anéis coloridos.

Aos poucos, me tornei parte daquele lugar. Adorava me concentrar no barulho das máquinas de costura fazendo ziguezague sobre o couro, no ritmo dos martelinhos batendo sobre as placas de mármore, e nas músicas antigas que a Dona Neide ouvia no rádio e cantarolava com gosto nos dias ensolarados.

Ela sempre detestou dias frios e chuvosos. Dizia que tinha preguiça de sair da cama, que, se pudesse, ficaria lá no quentinho, como um urso daqueles que se enroscam nos próprios pêlos para se aquecer.

Nunca disse isso a ela, mas tenho para mim que aquela preguiça era feita de tristeza. Tristeza por ter perdido tão jovem o amor da vida dela, cuja morte lhe deixou de herança cinco filhos e uma solidão, que ela aprendeu a ninar dentro do peito, mas que os ventos das noites de inverno teimavam em acordar.

Para mim, no entanto, que ainda não vivera o bastante para saber o quanto é doído dormir sem um corpo quente ao lado, os dias frios não eram tão tristes assim. Ao contrário, tinham um gosto muito bom. Um gosto de café com bolinhos, preparados por ela para os intervalos do trabalho, e que eu comia com satisfação, a não ser quando um sentimento de culpa me cutucava a boca do estômago, lembrando-me da fome dos meus irmãos.

Era uma vida boa, aquela. E, embora o dinheiro ganho não passasse de alguns trocados ao final da semana ou da quinzena, eu me sentia orgulhosa de poder levá-lo para casa. Hoje, sei que vinha dessa satisfação o poder daquele dinheiro tão abençoado. Dinheiro capaz de distender os músculos do rosto da mãe num riso quase feliz, um riso que anunciava o pão do dia seguinte e parecia iluminar nossa casa, tão pequena e pouca.

Bananas verdes

Gosto de carne vermelha. Aqueles bifes suculentos e cheirosos, dançando na frigideira, adornados por grossas rodelas douradas de cebola, sempre me abriram o apetite. O sangue rubro escuro, transformado lentamente em molho cor de madeira, nunca me trouxe qualquer compaixão pelo boi. Pelo contrário: bifes vermelhos, grandes e acebolados, sempre foram para mim sinal de fartura, abastança, sustância. Vida, em suma. Deve ser porque raramente os via nos pratos pálidos que comíamos na infância e que formavam um arco-íris desbotado e cíclico: branco-farinha, amarelo-fubá, marrom-feijão, verde-banana.

Sim, verde-banana. As bananas, ainda verdes, a exemplo de outras poucas frutas em mesmo estágio da vida, complementavam nossas refeições com freqüência. Os tempos da fome e da maturação do fruto andavam em ritmos desencontrados, e por isso elas iam para o prato logo que despontavam nos pés espalhados pelos quintais vizinhos.

A mãe as cozinhava com a casca e, muitas vezes, as engolíamos pelando de quentes, já escurecidas, com bastante sal. Tinham então uma cor indefinida, que deviam emprestar da amargura por não terem vivido o tempo que a natureza em geral lhes concede.

Muitos dos outros matizes que alimentam a vida, sequer conhecíamos: uva, beterraba, cenoura, mostarda, morango, chocolate, pêssego, cereja, salmão. Só o verde parecia brotar em abundância por ali. Verde-banana, verde-mamão, verde-goiaba, verde-couve, verde-cebolinha, verde-chuchu. E, felizmente, verde-esperança.

PRIMAVERA

Meu querer pelas flores nasceu pelas mãos sujas de terra da mãe. Lembro-me que ela vivia a pelejar flores no nosso quintal quando eu era pequena. Mas só de vez em quando uma daquelas mudas vingava. Era quase estéril o nosso chão. Mesmo assim, a mãe não desistia.

Quando, por um generoso milagre da natureza, uma margarida pegava, ela se esmerava em protegê-la com todos os cuidados que era capaz de arquitetar. Regava a planta de manhã e à tarde, fazia pequenas cercas de gravetos em torno dela e, às vezes, colocava casca de ovo ou de batata bem perto da raiz.

Se uma chuva forte se formava, corria a escorar os galhos com ripas de madeira. E não era raro vê-la, depois que a tempestade passava, a levantar ramos quase mortos com um pesar comovente, tentando ajudá-los a superar as dores da queda.

Não sei ao certo se a mãe se dava conta da beleza de tais gestos. Talvez nem se apercebesse da pureza daquele amor. Dava às plantas tudo o que podia. Alimentava, protegia, acalentava. Em troca, se satisfazia com um desabrochar, por tímido que fosse, como um adolescente que vê a paixão agigantar-se no coração ao ser contemplado com um sorriso da menina adorada.

Eu nasci em setembro. E gosto de pensar que sou como uma das flores que a mãe tentava cultivar em seu pobre jardim.

Quando era frágil como um galho que acabara de brotar, ela me cercava de cuidados parecidos com os que devotava às suas flores. A comida nos horários certos, ainda que o alimento fosse incerto. As mãos quentes a proteger-me durante a noite contra o frio. O olhar amparador a me acalmar depois dos pesadelos.

Talvez a mãe não saiba da importância de tais gestos. É possível que nunca tenha enxergado a pureza desse amor. Mas eu, sim. Sempre a vi como uma gigantesca figueira a nos proteger. Com sua copa densa e forte a filtrar as tempestades que nos atingiam tão freqüentemente.

E foi à sombra dessa figueira que eu cresci. Alimentada pelas folhas que se soltavam dela, e que depois de decompostas pelo tempo voltavam a germinar em mim.

Floresci há pouco tempo, como um pé de margaridas brancas e delicadas, plantadas em solo fértil, banhadas de água e de luz.

Sou a primavera da minha mãe. E também já dei um fruto, que amanhã vai suceder o outono de mim.

ABRAÇOS NEGADOS

Eu tinha apenas dez anos de idade quando me tornei mãe pela primeira vez. Minha doce e terna filha era já uma velhinha de faces esculpidas pelas rugas, ombros encurvados pelo peso dos sonhos perdidos e pernas vacilantes de desesperança quando a tomei para mim. Até hoje me pergunto, toda vez que me deparo com seus olhos miúdos e embaçados, qual foi o momento exato em que fizemos o pacto silencioso de trocar nossos papéis de mãe e filha.

Na memória que consegui preservar, os rastros desse momento se confundem em tempos imprecisos, mas acho que a mãe passou a ser minha filha quando comecei a trabalhar. Eu era, como disse, apenas uma criança, embora já a essa altura começasse a se manifestar em mim a maturidade precoce, que brotava forçada pela necessidade, igualzinho à parreira de chuchu que se esgueirava pelo teto da nossa casa quando não encontrava mais a cerca para se apoiar.

Tenho para mim, que o fato de não ter mais o pai e de enfrentar o batente tão cedo me credenciou ao posto de mãe da família que devia ser ocupado por ela, ainda que essa troca de lugares tivesse sido selada somente entre nós, sem o conhecimento de mais ninguém.

Em minha lembrança, desde que comecei a levar o dinheiro mirrado, mas muito suado, para dentro de casa, a mãe passou a me olhar como se eu fosse um ser muito importante e grande, a despeito da minha franzina estatura. Não me dava broncas, acatava minhas decisões, pedia conselhos de toda ordem e sempre me olhava com orgulho e admiração.

Pelo que me recordo, nunca fui vítima dos vergões deixados pelas varas verdes que ela de vez em quando usava para dar um corretivo em meus irmãos, e que pareciam doer mais nela do que neles. Nem um único tapa levei daquelas mãos calejadas, esfoladas pela corda que ela puxava várias vezes ao dia para tirar a água do poço.

Em todos esses longos anos, a mãe nunca me pediu colo, como as crianças fazem quando se sentem inseguras e desamparadas. Porém, foram muitas as vezes que vi sua boca murcha, na qual apenas alguns cacos de dentes resistiam, estremecer de tristeza, enquanto seus olhos procuravam os meus em busca de algum conforto.

Nesses momentos, as rugas que lhe vincavam o rosto pareciam ganhar tamanha profundidade, que eu tinha a impressão de que aqueles traços ressaltados pelas lágrimas lhe doíam como cortes de faca.

Durante muito tempo, mesmo com o coração apertado, eu não cedia à tentação de abraçá-la com todo o calor da alma e assim confortar seu coração e o meu. Aliás, quase nunca a abraçava ou beijava. Acreditava que esses carinhos incontidos podiam ser vistos como sinais de fragilidade. Eu sabia que alguém tinha de ser forte entre nós, e, naqueles momentos – e por toda a vida –, esse alguém era eu.

Mas nem tudo era tristeza em nossa vida. Como o pai que volta do trabalho trazendo um agrado para o filho, eu me esforçava para alegrá-la sempre que o bolso permitia. A mãe nunca teve luxo, mas eu me esmerava em realizar seus pequenos desejos: queijo branco, biscoitos de polvilho, brevidades, ou mesmo uma única bala de hortelã, eram para mim, e creio que para ela também, os símbolos do nosso afeto.

Minha maior alegria era poder lhe dar flores. A mãe sempre as amou, fossem rosas, margaridas, gerânios ou dálias, amor esse que é uma das raras coisas que dela herdei. Vez por outra, quando passeamos por algum lugar diferente, ainda a surpreendo com as mãos sujas de terra, arrancando mudas de flores dos jardins por onde passamos, mesmo sem ter onde plantá-las depois. Coisas da mãe.

Felizmente, com o passar do tempo, a vida ficou mais doce para nós, o que me permite comprar-lhe flores mesmo em datas que não são especiais. Acostumei-me também a dar-lhe ovos de páscoa e panetones, coisas que ela detesta comer mas adora exibir como troféus em cima da geladeira.

Levar-lhe um bolo para o café de domingo à tarde ou preparar o almoço em sua cozinha bagunçada são coisas singelas que aprendi a apreciar e valorizar, por causa dos olhares brilhantes que ela me envia até hoje quando estou por perto.

Agora ela já não é mais minha filha única. Tenho um lindo bebê em minha vida, que parece ser também um dos maiores amores dela. Quando a vejo com meu filho nos braços, dizendo-lhe repetidas vezes que o ama (como raras vezes ela disse a mim), me sinto recompensada por tudo que fizemos uma pela outra e apreensiva por não saber quanto tempo ainda teremos para estar juntas.

Mas o melhor de tudo é que, ao crescer, descobri não ser mais necessário conter meus carinhos para que ela se sentisse amparada. Agora faço questão de abraçá-la todas as vezes que posso, de beijar seu rosto enrugado e acariciar seus cabelos fartos e grisalhos.

Há muito notei que nesses momentos ela se demora um pouco mais naquele gesto, como se quisesse compensar todos os abraços que lhe foram negados durante a vida. E eu... Bem, eu também me deixo ficar ali, sentindo seu hálito amargo de fumante inveterada, para depois contemplar, com os olhos rasos d'água, seu rosto iluminado e seu sorriso estampado nos falsos dentes brancos que pude lhe comprar depois.

TEMPO

Eu queria não ter pressa. Se pudesse fazer aos céus um pedido, mirando meus olhos cerrados num gênio da lâmpada imaginário – Deus, quem sabe –, pediria mais paciência com a mãe. É, paciência. A virtude das virtudes. Um tempo interno que corresse manso como a água num arroio e me permitisse olhá-la nos olhos com calma. Horas inteiras para ouvi-la sem exasperação. Momentos eternos para compartilhar suas queixas demoradas, sem interrompê-la antes que terminasse de falar. Relógios que andassem lentos e me pusessem a repetir ao ritmo de seu tiquetaque as palavras que seus ouvidos gastos não conseguem mais apreender de todo.

A mãe anda tão só! Encarcerada num mundo de pensamentos e medos que ninguém mais tem interesse em compartilhar, de histórias escritas em letras apagadas, sem leitores dispostos a reler e a anotar comentários nas margens. Está presa às amarguras do passado. Amarguras que passaram para nós, mas ainda brotam verdes nela.

Nós, que montamos um teatro inútil todos os finais de semana em sua casa tumultuada e vazia. Estamos sempre lá, mas no fundo essa é apenas uma tentativa débil de lhe fazer companhia. Nem a enxergamos direito. Somos surdos a seus apelos silenciosos. Mudos aos seus pedidos de conversação. Deve ser por isso que por mais tarde que saiamos, ela sempre diz: "é cedo, gente".

É como se nunca bastássemos.
Vinte e cinco anos de solidão é demais para uma mulher! Ou seriam 65 anos de solidão? Desde que o pai morreu, a mãe nunca mais teve ninguém, embora eu me pergunte às vezes se ela não era ainda mais solitária quando o pai estava vivo.

Não havia em nossa casa o cheiro que os casais emanam quando estão verdadeiramente juntos. Era moça ainda quando ele partiu, mas é como se o restante da vida tivesse reservado só para lamentar. Chorar as fomes do corpo e da alma.

É, mas ultimamente a mãe não tem chorado. Seus olhos andam secos, o que me causa certo desconforto. O choro da mãe sempre foi seu grito de vida. Era comum vê-la transbordar em lágrimas. Lágrimas engrossadas por todos os outros líquidos represados em seu corpo robusto e fértil. Penso que um pouco daquela aguaceira toda vinha do ventre. Do seu ventre úmido ainda, aposentado a contragosto por pura escassez de sementes para germiná-lo.

Tenho notado que sorri pouco também. Risadas completas, então, não lembro de ter ouvido uma sequer há tempos. Só a mesma voz baixa, rouca e melancólica, entrecortada por pigarros constantes. O tom de quem pede desculpas por ainda ocupar um espaço no mundo.

Outro dia, ela teve uma pneumonia. A foto dos seus pulmões revelou uma infecção branda, mas nos trouxe algumas surpresas: várias calcificações em seu peito. Nódulos de doenças que se curaram naturalmente. Sem camas quentes, chás, canjas, flores, carinhos nem adulações. Uma tuberculose, talvez, que se perdeu em meio às dores que ela aprendeu a suportar em silêncio, de tanto senti-las sempre.

ABRAÇOS NEGADOS

É por isso que eu queria ter mais paciência com a mãe. Queria dizer a ela desse amor que sinto e apenas escrevo. Pensando bem, acho que vou ligar pra ela. Dizer simplesmente: estava aqui no meio de umas palavras, mãe, e lembrei de você... É, vou fazer isso sim. Vou já agora fazer isso, enquanto o tempo existe e minha paciência me escuta.

Faróis do abandono

Quando a dor lancina, alguns choram. Outros se encarceram. Uns poucos gritam. Outros tantos oram. Eu, quando a dor me inflama, escrevo. Transformo lágrimas represadas em letras. Junto-as gota a gota, até que meu pranto se esvai de súbito, numa torrente de palavras doídas.

Não escrevi quando meu irmão morreu. Eram muitos "nãos" para caber numa carta apenas. A não compreensão, a não paciência, a não cumplicidade. Sequer pude fitar seu último olhar amarelado, decerto suplicante. Um olhar sempre ajuda a escrever, mas não vi o dele. Lembro-me apenas dos pés, também amarelados, despontando teimosos por baixo do cobertor vermelho, na sala estreita do hospital.

Quase nada me recordo daquela visita muda à distância. Só há pouco tempo me dei conta de que aqueles pés gravados em minha memória eram uma visão transmutada dos seus olhos ainda vivos pousando sobre os meus, a mendigar um último abraço, uma palavra ao menos. Eles estavam ao alcance das minhas mãos, e eu podia ter acariciado os dedos, beijado as unhas grossas e lhe sussurrado num pranto seco a minha tristeza. Não tive tempo de sentir assim.

Depois disso, tornou-se comum recriar seus olhos na memória. Os olhos de riso, os olhos de dor. Os faróis do seu abandono. Aqueles olhos miúdos que eu procurei insana sob os viadutos na véspera de Natal. As luzes da solidão que me acostumei a encontrar na prisão. As pálpebras rebaixadas e lentas a cada novo sermão, que eu muito mais nova lhe passava, e, que ele ouvia com um respeito dolorido.

Hoje, choro toda a sua ausência entre essas letras. Não o vazio cotidiano, dos sons produzidos a cada passo, a cada escarro, porque ele ficou muito pouco entre nós. Choro a falta da presença imaginária do meu irmão. A certeza de que uma hora qualquer ele apareceria do nada, como no dia do meu aniversário de 17 anos, quando chegou em casa com um bolo de padaria nas mãos e me disse com os olhos tingidos de uma leve embriaguez: "Viu só, mana, não me esqueci de você".

Por isso, decidi há algum tempo escrever para ele. Não uma carta apenas, mas um livro inteiro só por ele. Vou contar sua história, para, quem sabe, assim encontrar a lógica interna daquele viver marginal que nunca fui capaz de compreender. Durante esse caminho, quero ter o lume dos seus olhos a clarear meus sentidos, e espero enxergar esse lume, mesmo que ele apareça na forma de um pé. Um pé teimando em dizer adeus antes de atravessar o limiar entre a vida e a morte.

CHEIROS DA VIDA

Há muito que venho pensando em montar um álbum de recordação diferente. Minha idéia é catalogar e datar, ainda que em tempos imprecisos, todos os aromas que fizeram parte da minha infância. Sim, os aromas. Aquelas fragrâncias, cujas gotas perfumam as páginas da vida da gente, mas que nem sempre percebemos ali. Nessa coletânea, no entanto, só entrarão os cheiros felizes. Os tristes, esses deixarei de lado, pois gostaria que evaporassem no ar, sem que nenhum vestígio restasse.

Numa breve passagem por minha memória olfativa, posso identificar vários deles numa atmosfera imaginária. O cheiro do café passado no coador de pano, que a mãe preparava diversas vezes ao dia para acompanhar o seu cigarro de palha; o aroma do fubá torrado com açúcar que ela nos dava para comer, quando nada mais havia para substituí-lo no café da manhã; e o dos bolinhos de chuva salpicados de canela em pó, tão saborosos quanto raros em nossos lanches da tarde.

É como se várias nuvens perfumadas passassem por mim, cada uma delas carregando um cheiro e uma lembrança, ora do tergal novo do uniforme escolar azul e branco, ora dos livros e cadernos ainda intocados, ou da caixa de lápis coloridos que guardavam por longo tempo o odor da madeira vencida pela foice.

Sem muito esforço, posso respirar ainda o perfume das folhas dos eucaliptos que circundavam a escola, do capim que ladeava as trilhas que percorríamos para chegar à aula e das dálias molhadas de chuva que se debruçavam nas cercas das casas vizinhas.

Consigo sentir minhas narinas envolvidas por uma mistura exótica e doce que demoro a reconhecer. Percebo, depois, que vem dos perfumes *Avon* que a tia Célia colecionava sobre a penteadeira espelhada, cujos vidros me serviam de brinquedos quando já estavam vazios. Exalavam fragrâncias tão marcantes quanto a alegria da tia, e emprestavam brilho e fantasia às toscas casinhas que eu montava no fundo do quintal.

De todos esses cheiros, entretanto, o mais forte é também o mais raro, impossível de reproduzir, exceto em minha memória. Ele vinha de uma graminha verde, rasteira e miúda que se espalhava pelo chão do quintal de uma família que morava em frente à nossa casa.

Lembro-me perfeitamente da vegetação que se entranhava no meio de uma superfície mal cimentada, aproveitando-se de toda e qualquer migalha de terra para sobreviver. Recordo também que aquele cheiro se intensificava quando alguém arrancava a grama dos cantos ou pisava sobre ela, como se gritasse ao mundo que não queria fenecer.

Penso que, se pudesse associar idéias e impressões aos cheiros na época, diria, com a pureza de então, que aquela era a essência das famílias felizes. O aroma da harmonia. O odor da união. O perfume do entendimento. A fragrância da esperança, que fazia daquela casa um lugar tão especial.

Outro dia estive lá, na mesma casa. Procurei, em vão, pelos cantos agora revestidos de cerâmica, alguma folhinha daquela vegetação, algum sinal daquele cheiro que nunca mais experimentei em lugar algum. Não encontrei. Mas não fiquei triste por isso.

Percebi, satisfeita, que a essência desse perfume está impregnada em mim. É como se até hoje uma pequena muda daquela graminha estivesse plantada em algum canto da minha alma, e vez por outra seu perfume se espalhasse arbitrariamente pelo ar, como se alguém estivesse a podá-la.

São cheiros da minha vida. Aromas guardados em pequenos frascos imaginários, que poderei sempre soltar no ar, todas as vezes que um vento de saudade chegar perto de mim.

ADEUS ANO VELHO

Lembro-me que no início era uma festa de cores e aromas nossa passagem de ano. As famílias todas, vinculadas por laços estreitos ou largos, estavam quase sempre juntas nessas ocasiões. Sobrinhos, primos, tios, cunhados e agregados, como nós, se dividiam na arrumação da casa e no preparo das iguarias, produzindo um espetáculo inesquecível para meus olhos de criança. Durante muito tempo, o anúncio da festa chegava a mim ainda no mês de novembro, quando as primeiras ameixas, os pêssegos e as uvas rosadas começavam a aparecer nas bancas das feiras livres, exalando fragrâncias que eram como o vento do *réveillon* a soprar. Mas, era com o cheiro quente do manjar branco, retirado fumegante da panela, que meu coração se inquietava, e dava início a uma contagem regressiva pontilhada por perus, saladas enfeitadas com flores feitas de tomate, e pudins de várias espécies, que, aos poucos, ganhavam seus espaços na mesa forrada com toalha branca de renda.

Lembro-me que a emoção culminava com o barulho lento e compassado das colheres que levavam à boca dos adultos a sopa de lentilhas ou de semolina, tomada sob um respeitoso silêncio, pouco antes da chuva de fogos.

Nunca participei do ritual da sopa, mas sei bem que, só após sorver em prece a pasta cremosa, promessa de prosperidade, é que eles se dirigiam para o meio da rua, onde se juntavam às crianças e aos céticos para formar uma imensa e inseparável roda humana que passava rente aos portões das casas vizinhas.

À medida que cantávamos a melodia de despedida ao ano que findava, começava a se formar, de pouco, um doído nó na minha garganta, que, na segunda estrofe da música, já havia se convertido em lágrimas.

Chorava em todas as passagens de ano, sem saber ao certo o que isso tinha de real e de ritual em mim, embalada por um prazer estranho. Um sentimento avesso à alegria cultivada ao longo de todo o último dia do ano.

Com o passar do tempo, no entanto, percebi que aquela festa, antes envolta em magia e matizes de felicidade plena, foi perdendo o verniz e descascando, como venezianas velhas, cuja tinta se solta, após anos exposta à chuva e ao sol.

Não sei ao certo o momento exato em que isso se deu, mas passei a enxergar, por trás dos rostos maquiados e das silhuetas realçadas de branco, fagulhas de tristeza, insatisfação e contrariedade.

Sei apenas que essa impressão foi ficando mais nítida quando a comemoração passou a ser feita na casa de praia.

Percebi, desde então, que alguns se fechavam nos quartos, recusando-se a compor a roda. Outros saíam a caminhar pela beira do mar para não ter de cumprimentar desafetos ou fingir uma amizade há muito destruída. Isso sem falar naqueles que faziam questão de não tomar banho, em sinal de protesto ao que passaram a ver como uma vazia e patética encenação.

ABRAÇOS NEGADOS

Em uma das últimas festas à beira-mar, todos aqueles que teimavam em manter o ritual da roda estavam prontos para se dirigir à praia, ensaiando baixinho o "adeus ano velho", ansiosos para ver a queima de fogos. As mulheres equilibravam-se em saltos e vestidos de festa inapropriados para o lugar, e os homens de bermuda e chinelo pareciam desconfortáveis e mal-vestidos ao lado de seus pares. Para desespero de todos, uma forte e imprevista chuva caiu de repente, deixando todo mundo preso na casa. Lembro-me bem dos olhares de frustração, que pareciam castelos de areia desmoronados. Alguém, então, decidiu que era preferível enfrentar a chuva, que já rareara um pouco, a ficar ali naquele marasmo.

Decididos, lá foram eles, tentar reconstruir o que aos meus olhos, agora adulterados pela implacável perda da fantasia, já parecia em ruínas. Tentaram recompor a roda, mas a tentativa foi desastrosa. Não havia mais como forjar a união há muito perdida. O círculo humano formava-se e logo se desfazia novamente, como os fogos de artifício, que após um brilhar efêmero desapareciam no ar como se em verdade nunca tivessem existido.

MÃOS

As dores da minha alma não cabem nos dedos das mãos. A sombra do dedão do pai fez brotar minhas primeiras palavras. Derramei todo o meu padecer sobre aquele borrão. Reencontrei no deslindar de sua digital minha identidade. Rito de passagem para mim. Depois disso, escrevo com frouxidão. Dedos certos e conformados do ofício de grafar dores. Agora o pai está por todo canto. Escrito, inscrito, manuscrito em mim. Mas não o suficiente para preencher o vazio deixado pela ausência das suas mãos. Aquele entrelaçar de dedos que fortalece a gente. Apoio firme a amortecer os tombos do caminho. Dedo justo a remover lágrima morna. Mão na testa a presumir febre ardente. Quantas dores se esvaem nas mãos de um pai!

É certo que eu tive todas as mãos da mãe tentando compensar tristezas. Seus dedos curtos e asperos a aliviar dores, a estancar sangues. Pontas grossas a pelejar carinhos vãos. Palmas calejadas a perseverar carícias mancas. A mãe não sabia acalentar. Aprendeu pouco de ternura nessa vida. Mesmo assim, eu sempre louvei suas mãos.

E tinha ainda as mãos do irmão mais velho. Presença forte a apontar destinos. Estavam sempre por perto, mas também não eram dadas a carícias. Nunca um afago. Sempre o mesmo aperto de mãos firme a estabelecer distâncias. Treinadas apenas na lida para prover o pão.

Vejo agora, estampadas em tinta verde, as mãozinhas gordas do meu filho Gabriel. Gabriel, meu bom augúrio, meu anúncio de salvação. Pudera estancar seus medos, apontar trilhas floridas para suas inquietações e acalentar seu coração durante as tempestades, somente com os dedos das minhas mãos. Mas dor de alma não se curva. E são tantas, que não cabem nos dedos das mãos.

Travessia

"*Eu antes tinha querido ser os outros
para conhecer o que não era eu.
Entendi então que eu já tinha sido os outros
e isso era fácil. Minha experiência maior seria ser
o outro dos outros:
e o outro dos outros era eu.*"

Clarice Lispector

TATUAGEM

Kung Fu nasceu predestinado a não ter lugar no mundo. Quando a mãe o deu à luz, já tinha um menino, que assumiria o posto de ator principal na saga da família. A vocação do primogênito para bom filho deixou para o outro, como única alternativa, ser o anverso da moeda, fato que colocaria os dois irmãos numa rivalidade velada durante toda a vida.

A disputa entre os dois começou no dia em que um tomou o lugar do outro no peito da mãe. Kung Fu encontrou ali, nos seios ainda rijos e bem brancos da mãe, uma das raras experiências amorosas que teria na vida. Deve ser por isso que demorou tanto para desmamar.

A mãe contava que o leite dela o alimentou até os dois anos. Mas mesmo depois disso, "já um cavalão", como ela dizia, de vez em quando ele puxava seus seios para fora do vestido, querendo matar a fome, não sei se da boca ou da alma.

Sempre teve tara por seios, principalmente os brancos e duros. Já adulto, quando tinha dinheiro para pagar o preço das prostitutas do Brás, sempre as escolhia pelos seios. Tinham de ser brancos e duros. Só mesmo quando a grana era pouca, e a necessidade muita, se conformava com uma morena de seios cor de chocolate. Era uma das raras escolhas que pôde fazer na vida.

Como dizia, nasceu em segundo plano, e ficou pouco tempo no posto de caçula. A mãe tinha filho todo ano. Engravidava ainda no resguardo, e lhe deu dez irmãos.

Quatro morreram por razões diversas: um, porque era apressado e nasceu prematuro; outro, porque era lerdo e passou da hora de nascer. Das duas meninas, nunca soube bem a causa da morte. A mãe falava algo sobre umbigo mal-cuidado e moleira afundada. Não sabia bem. Nem quis saber. Achava melhor que não tivessem sobrevivido. Do contrário, seriam mais quatro vozes a engrossar as ladainhas e sermões que os outros irmãos lhe passariam ao longo da vida.

Das lembranças da primeira infância, das quais dizem que a gente guarda apenas fragmentos, vez ou outra lhe vinha a dor de uma sova: apanhando, porque esvaziara todas as moringas de água fresca, obrigando os pais e o irmão a deixarem o trabalho na roça pela metade, para não esturricarem de sede; apanhando, porque misturara pedras às sacas da colheita, para fazer mais peso na hora do acerto de contas com o dono da fazenda; apanhando ao ser expulso da escola, por causa do chifre de boi com o qual acertara a testa da professora que o chamara de burro.

Quando, já adolescente, saiu pelo mundo apenas com uma mochila velha nas costas, achou que de nada sentiria saudade. Mas não demorou muito para começar a pensar e remembrar a mãe. Os olhos baços de desgosto. O sorriso esgarçado de desesperança. A fronte enrugando ao peso da dor.

Não tinha coragem para voltar. Quando ficava tão perdido de si a ponto de quase esquecer quem era, fixava o pensamento nela, como quem se procura no espelho. Junto com a lembrança, vinha sempre o calor dos seus seios quentes e o som abafado da cantiga que ela murmurava quase que automaticamente, toda vez que queria fazer as crianças dormirem:

ABRAÇOS NEGADOS

Terezinha de Jesus
De uma queda foi ao chão
Acudiram três cavalheiros
Todos três chapéu na mão
O primeiro foi seu pai
O segundo, seu irmão
O terceiro foi aquele
Que a Tereza deu a mão
Quanta laranja derramada
Quanto limão pelo chão
Quanto sangue derramado
Dentro do meu coração.

E foi embalado por essa cantiga imaginária que, em seu primeiro dia na cadeia, decidiu tatuar no braço esquerdo um lindo par de seios, dentro do qual escreveu, em nove letras, o único bem que tinha na vida: amor de mãe.

DE BALÕES E DE SONHOS

Conheci na infância um moço que tinha os olhos cor de esmeralda. Sim, esmeraldas. Aquelas pedrinhas brilhantes que enfeitam os colares das princesas e os mantos dos reis nos contos de fadas. Acho que foram aqueles olhos que alumiaram o destino do moço.
Desde pequeno, via coisas que os outros não viam. Contou-me certa vez que, ainda menino, enxergou em palitos e caixas de papelão a imagem de uma casa, com telhado de duas águas e cerca de treliça separando-a do quintal. E fez. Desde então, foi tomado por uma necessidade íntima de criar coisas.
Quando cresceu, desenhava plantas de casas, levantava paredes, construía lareiras, aquários e caminhos de pedra. Inventava brinquedos para molecada da rua e mapas do tesouro para as crianças da família encontrarem os brinquedos nas noites de Natal. Era uma espécie de gênio da lâmpada maravilhosa a realizar os sonhos alheios de forma generosa e desinteressada.
E fazia balões, aquele moço. Coloria os céus de inverno com pedaços de arco-íris, fabricados com papel de seda e cola de farinha de trigo. Lembro-me bem dos papéis multicoloridos, da estopa usada na confecção da tocha e do cheiro negro do querosene, que somados à ansiedade natural da infância, provocavam uma espécie de torpor na gente.
Guardo na memória o furor que aquelas noites provocavam na criançada, ou pelo menos em mim. Empoleirados nas lajes

da vizinhança e nas poucas árvores do bairro, ficávamos todos a esperar o momento mágico em que o balão parecia ganhar vida e subir, subir, subir. Subir até desaparecer da vista da gente.

Por ser bem próxima da família, eu tinha o privilégio de assistir ao espetáculo de perto – desde o escolher das cores nas resmas de papéis, até a hora solene de subir as escadas com o balão e atear o fogo à tocha.

Nessas horas, o moço segurava a boca de arame do balão com devoção, esperando que o vento lhe preenchesse as entranhas, para só então deixá-lo ir embora. Às vezes, ele se demorava tanto naquele gesto, que eu tinha a impressão de ouvir um diálogo mudo entre criador e criatura. Uma despedida ou uma oração, talvez.

Também pude presenciar muitas vezes o verde-esmeralda dos olhos do moço ficarem embaçados e doídos quando um vento mais forte desequilibrava o balão e o colocava em chamas em pleno ar.

Hoje em dia, não se solta mais balão nas cidades. Acho que nem mesmo nos bairros mais distantes. E o moço que eu conheci na infância também já não é tão moço assim. Os olhos verde-esmeralda agora estão quase sempre escondidos sob as grossas lentes dos óculos. Mas tenho pra mim que ele de vez em quando ainda enxerga coisas que a gente é incapaz de ver.

Dia desses, soube que construiu um altar para o centro de umbanda da Tia Olinda. Colocou uma iluminação indireta que faz os santos parecerem banhados de luz divina. Fez tudo com as próprias mãos, como quem faz uma oferenda, mesmo sem ser o que pode se chamar de "homem de fé".

Eu também não acredito muito em santos e deuses. Mas se acreditasse, pediria a eles que povoassem o mundo de outros moços como esse. Moços que conversam com balões e constroem sonhos. Seres puros, raros e preciosos como as esmeraldas. Esmeraldas que ainda brilham vez por outra nos olhos do moço. Esmeraldas da cor da minha esperança, que parece crescer no peito, quando sonho com noites de São Pedro, Santo Antônio e São João, e me lembro dele.

Amor de subúrbio

Nasceu Maria e foi Maria, apenas Maria, durante um bom tanto da vida. Quando a conheci, era toda pequena, de pés, de olhos. Pequena de cabelos também, que lhe brotaram raros e finos como os de uma espiga de milho que tivesse se demorado demais no desabrochar. Pequena de gestos e de fala ainda. Sempre contidos, vacilantes, meio errantes. Toda a grandeza que lhe caberia ao corpo concentrou-se nos seios. Fartos, abastados mesmo. Seios que eram de uma preciosidade quase incompreensível. Começou a saber disso depois, numa daquelas confissões que se fazem durante os risos frouxos debaixo dos lençóis. Foi por eles que José se rendeu. A seus olhos verdes e límpidos, os seios grandes de Maria eram uma promessa certa de afeto abundante, por isso ele a quis tanto. Não destoavam do todo de seu corpo pouco, como às vezes o espelho a fazia crer. Em verdade, acentuavam-lhe a beleza simples e quase servil.

Durante o namoro longo, ela vez ou outra surpreendia José a caprichar nos ardis para estar aninhado aos seios dela. Nas noites frias de meio de ano, ele forrava um carrinho de pedreiro com um cobertor, e se deitavam os dois, deliciosamente espremidos, ao lado de um fogo de gravetos, a contemplar o céu.

Colado a ela, José procurava no céu as Três Marias e tentava orientar os olhos da sua Maria na direção das estrelas, enquanto se deleitava com o arfar do peito, tão sinuoso e dançante, que parecia prever a emoção e o temor de um dia pertencer a ele como todas as estrelas pertenciam àquele céu.

Casaram-se, e ela, que era somente Maria, passou a ser em definitivo a Maria dele – em nome e em chamativo. A Maria do José. Incrível que não houvesse nela nenhuma farpa de rejeição àquela posse. Dizia que era uma benção tê-lo por seu dono. Tinha-o como amante, amigo, pai e irmão. E desfrutava com mansidão todos os gozos e agruras que isso pudesse representar.

Quando vieram os filhos, descobriu outra milagrosa serventia para suas carnes macias e tantas. Vertiam um leite farto e já aquecido, aplacando a fome das bocas contraditoriamente grandes e carnudas de suas crianças. Um leite morno: como se fora esquentado. Esquentado em banho-maria.

Os filhos cresceram. E os dois, antes tão pequenos, não cabiam mais lado a lado na estreiteza do carrinho de pedreiro. As enormes paredes da casa levantadas para abrigar a família ganharam lajes que taparam um pedaço do céu outrora avistado por inteiro nas noites de inverno. Tudo se agigantou. Os seios dela também. Se não em volume, pelo menos em peso. Cansavam-na agora, pesavam tanto que lhe doíam as costas, afetando a retidão da coluna e da auto-estima, sem contar os inconvenientes práticos, a dificuldade de encontrar sutiãs que os sustentassem e o embaraço ao se despir para o marido.

Foi então que ela começou a acalentar no peito um sonho: livrar-se do que em seu corpo entendia como excesso.

Passou anos idealizando os seios que teria então. Pequenos. Discretos. Do tamanho das palmas da mão. Não as dela, mas as de José. De feitura exata, como tudo naquele corpo, que para ela era revestido de perfeição.

Um dia, ele a presenteou com um *Fusca*. Arredondado e cheio de curvas. Mas Maria decidiu trocar o carro por um sonho só seu.

Quando o dia esperado chegou, sonhou renascer, mais leve e feliz em seu novo molde. Foi para a mesa de cirurgia com muita coragem, apesar de ser do tipo que tem medo até de injeção.

Acordou durante a anestesia. Num estado de confusão mental, repetia aos médicos que se arrependera. Queria manter os seios intactos, como Deus os pusera nela. Uma nova dose de anestésico lhe domou o arroubo tardio.

Hoje, a Maria do José tem os seios pequenos. Do tamanho da palma das mãos dele. A coluna endireitou. Não se cansa mais para carregá-los. Na verdade, é como se não os tivesse ali. E é por isso que agora, na cama larga do quarto principal da casa, às vezes marido e mulher olham o teto de concreto e sonham o mesmo sonho. Ela, numa noite de inverno, seus seios fartos, sinuosos e arfantes, iluminados por um fogo de gravetos, sob o céu estrelado do subúrbio.

ENGANO

Era quase meio-dia quando cheguei ao hospital. Olhava com atenção as mãos da moça que preenchia o formulário do exame. Dedos longos, finos e róseos, apenas um pouco mais claros do que o esmalte que lhe cobria as unhas, também longas e bem cuidadas.

– O nome do paciente qual é?
– Alice. Alice Fonseca –, disse-lhe meio no engasgo.

O tom da voz da moça era tão dócil que me irritou, mas não desviei os olhos das mãos.

Ela desenhou no espaço em branco as letras do nome da minha mãe. Um traço lento, seguro e compassado. Traço de mãos que pareciam flutuar sobre o papel, num ritmo de menina que ajusta o lápis à folha virgem do caderno novo. Que calma desesperadora, meu Deus!

– Qual o convênio?
– É particular.

A moça levantou-se de leve, caminhou como uma onça mansa, dando três ou quatro passos, retirou da gaveta da mesa ao lado uma outra ficha e sentou-se novamente.

Tinha o corpo em formato de pêra, bem aconchegado num conjunto de saia e blusa em tom pastel, simples e bonito.

Destacou com cuidado um jogo de folhas do bloco de formulário, protegendo as bordas com as pontas dos dedos.

O esmalte rosa, novamente em evidência, me fez vasculhar por entre aqueles dedos, buscando nas linhas quase invisíveis sobre a pele um pouco da intimidade dela.

Mulheres que usam esmalte rosa querem mostrar recato, pensei.

— Vocês já sabem o valor do exame?

— Sim, já falei na tesouraria do hospital.

Ela consultou uma tabela, sem retirá-la da gaveta e digitou um código no computador ao lado. Só quando os dedos tocaram as teclas é que me dei conta da aliança dourada a estrangular o dedo da mão esquerda.

Recém-casada, talvez. Imaginei sua casa modesta e impecável, com samambaia pendurada no canto da sala e toalhas de crochê sob os móveis comprados nas Casas Bahia.

— O pagamento é em cheque ou dinheiro?

— Dinheiro.

Sem tirar os olhos das mãos da moça, imaginei seu quarto com janelas cobertas por cortinas de voal e a cama decorada com colcha e almofadas de matelassê. Deve fazer sexo apenas às sextas-feiras, depois da novela das oito, e de luzes apagadas, pensei comigo, imediatamente arrependida do julgamento maldoso.

— É só pagar aqui do lado e voltar para retirar o pedido do exame.

Levantei-me com certo embaraço, pensando em como ela se sentiria se pudesse ler meus pensamentos. Quando voltei, uns cinco minutos depois, pela primeira vez olhei mais detidamente para seu rosto. Ela tinha cabelos castanhos longos, pele branca, a boca fina realçada por um batom também rosa. Agradeci e fui embora.

Saí do hospital no final da tarde. O contraste usado na tomografia se acumulou nas veias da minha mãe, que precisou ficar em observação.

Depois de deixá-la em casa, voltei sozinha, lá pelas nove e meia da noite. Ao descer a rua perto do cemitério, fiquei meio contrariada por não ter me lembrado de que nesses horários o trânsito fica difícil por ali.

Liguei o rádio para tentar relaxar, enquanto os carros à minha frente ultrapassavam um Gol, parado, como sempre, em local proibido.

Não me contive, e meti a mão na buzina ao ver a mulher de meia "arrastão" que se debruçava na janela do carro, certamente acertando o preço do programa que faria num dos motéis ordinários da região.

Irritada, ela me gritou um palavrão qualquer que não pude ouvir e meteu a mão no vidro do carro apontando-me o dedo do meio.

Foi tudo muito rápido, mas o suficiente para que eu reconhecesse aquele dedo longo e as unhas castamente rosas.

Quando olhei pelo retrovisor, ela estava lá, imóvel e assustada, olhando na direção do carro, com seu corpo em formato de pêra espremido dentro de um espartilho vermelho, pronta para o sexo, em plena segunda-feira.

Quase pecado

Lindaura estava no tanque, areando uma panela com um resto de Bombril já meio enferrujado. As pontas dos dedos, quase em carne viva, não impediam que continuasse a esfregar com vigor o alumínio barato. Alternava o movimento circular na parte externa com investidas cada vez mais impacientes no fundo recoberto por uma crosta grossa, deixada pela polenta da noite anterior. Brigava com os resíduos do fubá, que teimavam em não soltar do metal amassado. Pensava em como vencer o dia, e no que dar de comer aos filhos pequenos, já que em casa nada restava, além do caldo ralo que se acabava ali, dissolvido, e escorrido pelo buraco do tanque.

Tinha o olhar perdido da quase resignação quando pressentiu o barulho familiar da carroça velha puxada por um cavalo cansado. Apurou os sentidos até que ouviu:

– Peixeirooo!

Passou a panela embaixo da água da torneira e logo viu aparecerem na superfície, espelhados em distorção, seu rosto pálido e seu olhar sem brilho, sem viço. Começou a lavar as mãos, tentando arrancar a pulso os fiapos do Bombril que se entranharam sob as unhas, como se no gesto pudesse também afastar aquela idéia que assaltara. Ainda se deteve por um instante. O suficiente para que a água cobrisse o tanto da panela tomado pelo fubá teimoso, e mais uma vez se viu projetada, agora na própria água.

Ajeitou os cabelos poucos, e ainda teve tempo de enfiar as mãos por dentro do sutiã gasto, levantando um pouco os seios, na tentativa de disfarçar a flacidez precoce.

Ouviu o segundo chamado.

– Peixeirooo!

Chegou ao portão quase ao mesmo tempo em que a carroça parava, levantando poeira na rua de terra. Por sobre a cerca de madeira, cumprimentou com o olhar o peixeiro. Ele, que todas as terças-feiras estacionava a carroça em frente à porta dela, ficou surpreso com a novidade, pois até então ela mal o enxergara, sempre baixando os olhos ao passar perto dele. Era do tipo que "não dava trela pra homem nenhum".

Animado pelo movimento da mão da mulher, que percorria o caminho do pescoço ao ombro num misto de sensualidade e nervosismo, ele tirou o chapéu sujo numa tentativa de reverência meio torta, antes de puxar com mais força as rédeas do cavalo e pular para o chão.

– Vai um peixinho hoje, freguesa?

Lindaura fingiu coçar o joelho, levantando meio palmo da saia florida, mostrando um fragmento da coxa branca, quase em contraste com as canelas mais escuras.

Esboçou um sorriso que estava longe de querer ofertar e disse que querer, ela queria, mas estava sem dinheiro em casa.

O peixeiro percebeu de pronto a chance de fazer sua melhor venda do dia. Pediu que ela se achegasse e escolhesse o que quisesse:

– Mulher bonita não paga. Pelo menos, não agora.

A carroça, a esse tempo, já estava rodeada de moleques da vizinhança. Uns se acotovelavam em frente aos caixotes branco-sujos, na esperança de encontrar ali algum sobrevivente que ainda agonizasse, com os olhos vermelho-esbugalhados e a boca aberta. Outros puxavam o rabo do cavalo ou lhe cutucavam o corpo com pedaços de pau, mais por crueldade do que por diversão.

O peixeiro deu um "passa-fora" nos moleques e nos cachorros que acompanhavam a carroça desde a entrada no bairro. Abriu espaço para Lindaura ver melhor a mercadoria. Ao se aproximar, ela sentiu o roçar propositado do braço peludo e macilento dele. Estremeceu. Uma sensação de nojo se apossou de seu corpo.

Teve de segurar a respiração de tempos em tempos, para suportar o forte cheiro de suor que se soltava daquele homem e que parecia se misturar no ar com o do peixe.

Engoliu seco o mal-estar, ao se lembrar da fome dos filhos. Já que era assim, disse, que ele pesasse bem pesado um quilo, e ela pagava tão logo pudesse.

O peixeiro escolheu as sardinhas mais graúdas e foi equilibrando sobre a balança até que o peso chegasse a um quilo. Olhou de novo para a mulher e pegou do caixote outro tanto, e outro e outro, até que o ponteiro atingisse o limite de três quilos e meio. Embrulhou tudo nas folhas de jornal.

— Na semana que vem a gente acerta –, falou, piscando pra ela.

Lindaura agradeceu, virou as costas e durante o curto trajeto que separava a rua da casa, sentiu todo o incômodo dos olhos do homem pousados sobre seu corpo. Um tremor de arrependimento desequilibrava seus passos apressados.

Entrou em casa e fechou a porta atrás de si, depois do que caiu num pranto que era a um só tempo de humilhação e de terror.

Com os olhos ainda em fogo, voltou para o tanque. Jogou fora a água da panela que ficara de molho e num acesso quase de fúria, começou a raspar com as próprias unhas o resto de polenta pregado no metal.

Sentiu um alívio quando venceu a crosta e viu seus últimos resquícios serem levados esgoto abaixo. Então abriu o pacote de peixe, ouvindo o barulho da carroça que começara a se afastar de seu portão:

— Peixeirooo!

Num ímpeto, escolheu a sardinha mais encorpada, que daria um bom molho, e atirou dentro do tanque. Refez o embrulho desfeito e saiu desabalada pelo quintal.

Quando chegou à rua, a carroça já ia longe, quase chegando à beira do rio. Tomou fôlego e saiu correndo ladeira abaixo. Na decida, as pernadas de Lindaura se confundiam com os passos dos moleques, os latidos dos cães, as rodas da carroça, as patas do cavalo. Tudo envolto numa nuvem de poeira.

No momento em que a carroça por fim parou, Lindaura nem esperou que o peixeiro descesse para o chão. Entregou o embrulho de jornal num repente:

— Mudei de idéia, moço. Não vou ter como pagar depois.

O peixeiro ainda quis impor resistência à devolução. Falou com malícia que não tinha pressa para receber o pagamento. Mas a mulher não aceitou. Disse entre dentes um "não, obrigada" e virou as costas.

Foi subindo a rua de volta pra casa, coberta de poeira, altiva como uma garça.

Estava feliz consigo mesma, orgulhosa da astúcia com que se livrara da dívida e, sobretudo, satisfeita com a sardinha que conseguira.

Se arranjasse emprestado um bom punhado de farinha de mandioca, poderia preparar um almoço decente para as crianças.

Ouviu ainda uma, duas, três vezes o anunciar do peixeiro, que foi sumindo, sumindo, como num sonho.

Mas metade daquela felicidade pequena de Lindaura desceu pelo ralo quando ela chegou ao tanque e não viu o peixe que ali deixara.

Desolada, olhou por todo lado, até se deparar por fim com um rastro de sangue, que acabava na boca de um gato malhado. O animal lambia os beiços e as patas, depois de comer, com cabeça e tudo, o objeto de seu quase pecado.

TEMPESTADES

Zóião tinha o corpo banhado de suor. A cada relâmpago que riscava a escuridão do céu, tentava, sem sucesso, contar de um até sete e adivinhar o momento exato em que o estrondo do trovão ecoaria lá fora, na esperança de amainar o terror que o barulho lhe provocava por dentro.

Mas o misto de ansiedade e medo que se apossava dele o levava invariavelmente a errar o cálculo. Às vezes contava rápido demais, e o segundo que deveria coincidir com o trovão só chegava muito depois, quando ele, desesperado, já retomara a contagem. Quando não, alargava os intervalos de tal forma e tanto, que, ainda no quarto ou quinto número, o trovejar o surpreendia de novo, fazendo com que se encolhesse de pavor.

O tormento se repetiu incontáveis vezes naquela noite, até que por fim o temporal serenou quase de todo. Ele então tirou do bolso a maçaneta enferrujada que fazia as vezes de chave, abriu o vidro do carro e colocou a cabeça para fora – os olhos esbugalhados na direção do céu, buscando se certificar de que a tempestade tinha de fato passado.

Morava no Passat 71 há onze meses e três dias, tempo exato passado desde que enterrara a mulher e os dois filhos, mortos no início daquele ano, quando a encosta na qual se escorava o barraco veio abaixo, enquanto a mulher e os meninos dormiam.

Zóião trabalhara naquela noite, um sábado, guardando carros nas imediações do Estádio do Pacaembu, onde acontecia um *show* de *rock*. Quando chegou à favela, a busca pelos corpos das vítimas ainda não tinha terminado. Ao saber que a família estava soterrada sob a lama, ficou como louco. Cavava com as próprias mãos o barro interminável, na ânsia de encontrá-los com vida. Mas não se demorou muito naquela aflição. Logo, o clarão de um relâmpago alumiou bem perto de seus olhos a visão mais terrível que a vida lhe reservara: a mãozinha do menino mais novo entrelaçada com a da mãe indicava, por fim, o lugar onde se encontrava a família.

Do depois, Zóião não se lembrava de quase nada, exceto a impressão de que, àquela visão estarrecedora, seguira-se um violento trovão, de cujo efeito dilacerante jamais se recuperaria. Era como se todos os outros detalhes – os pequenos diálogos, cenas e acontecimentos decorrentes da tragédia – tivessem sofrido outra avalanche barrenta que soterrasse aquele pequeno fragmento de sua existência.

Desde então, recusara-se a estabelecer qualquer tipo de ligação com quem quer que fosse, assumindo no mais profundo da alma a determinação de estar só a maior parte do tempo, de preferência sem ter que falar com ninguém, a menos que fosse inevitável.

Lembrava-se, de forma difusa, de engendrar aquele mecanismo íntimo durante seu vagar anônimo pelas ruas da cidade, depois do que, se achara ali, naquela espécie de ferro velho, onde jaziam carcaças de carros destroçados por acidentes ou carcomidos pela ferrugem.

Quando viu o Passat, Zóião lembrou-se de como o desejara no passado, e do quanto se esforçara para poupar um tanto do salário que ganhava como carregador no frigorífico, para quem sabe um dia poder ter um carro daquele.

Mas o sonho antigo perdera o sentido, sepultado que fora no limbo dos desejos frustrados, embora reaparecesse agora, transfigurado em outro – o carro que não era mais carro, mas uma casa. A casa que Zóião conquistara e perdera, como conquistara e perdera tudo na vida.

A saída do frigorífico era o marco inicial de sua descida ao inferno. Enquanto trabalhava, recebia um salário e meio, que lhe permitia pagar o aluguel de uma casinha na periferia, a água, a luz, o gás e o mercado. As outras despesas – a feira, os cadernos e os chinelos para os meninos – a mulher cobria, com o dinheiro que ganhava como manicure e com o lucro dos geladinhos que vendia na porta de casa.

Era um homem trabalhador e podia ter se aposentado naquele emprego, não fosse a ojeriza que começou a desenvolver pela carne crua e pelo cheiro do sangue que lhe impregnava as mãos, as narinas e a alma. O mal foi se alastrando aos poucos, gotejando lentamente, aparecendo primeiro na forma de uma forte rejeição aos bifes e picadinhos.

O apelido – Zóião – vinha desse tempo, alcunha criada pelos companheiros por conta dos ovos fritos que ele almoçava e jantava todo santo dia. Quanto menos carne comia, mais aumentava seu repúdio ao próprio trabalho. Começou a ter tonturas e náuseas durante o expediente, até que, não agüentando mais o martírio de carregar nas costas os animais recém-sacrificados, pediu demissão.

Aquele seria o primeiro círculo da espiral decadente na vida de Zóião. Não conseguiu arranjar outro emprego e acabou declinando para o submundo da informalidade. Os aluguéis atrasados foram se acumulando, até que o dono pediu a casa, e a família, despejada, teve que se arranjar num barraco, que era o que podiam pagar.

A verdade é que nunca mais conseguiram se reerguer daquele terreno movediço. Zóião virou guardador de carro. Às vezes, até tirava um bom dinheiro, mas nada se comparava ao salário fixo, à carteira assinada, ao décimo-terceiro e a toda a dignidade que um emprego proporcionava.

Depois, a tragédia. E agora estava ali. Não apenas tomava conta dos carros nas ruas, o que ainda lhe garantia um bom rendimento, como morava dentro de um. Fizera daquela lata velha seu abrigo, lá guardava seus poucos pertences – uma mochila com o cobertor, uma caneca, o sabonete, a toalha, umas poucas peças de roupa e as moedas conseguidas na lida diária.

Para economizar, comia e se banhava nos albergues da cidade, mas prezava demais sua individualidade para dormir nos alojamentos com os outros.

O carro abandonado era o repositório do que restara de sua precária existência: passado, presente e futuro. Tudo dele estava contido ali. Nem por isso tinha pena de si.

Em verdade, pouco se preocupava com as condições em que vivia. Sobreviveria, se assim quisesse, por muito tempo, não fosse o fato de que toda sua serenidade se esvaísse nas noites de chuvas longas e violentas.

Sufocava no carro fechado e abafado, gemia ao clarão dos raios e se sentia quase desfalecer ao som dos trovões. As noites de temporal fabricavam pesadelos horríveis.

Condensava nos sonhos a imagem dos animais do frigorífico com os corpos desfigurados dos filhos, criando figuras disformes, que por vezes lhe vinham à mente também durante a vigília, tirando-lhe as forças e a coragem de perseverar em seu secreto e único objetivo.

Quando acordava sobressaltado no meio da noite, sem que a chuva tivesse dado trégua, acendia a pequena lanterna de bolso e passeava o olhar bovino pelas partes carcomidas do carro, medindo meticulosamente a corrosão que via se alastrar, semana a semana, dia a dia, no teto e nas laterais do carro.

Deslocava as impressões colhidas na ferrugem para pensamentos sombrios, e naquele ruminar traçava paralelos medonhos entre a corrosão da lataria do carro e a provável decomposição dos corpos dos filhos e da esposa.

Era um tormento insuportável, do qual não conseguia se livrar sem a ajuda do sol, um sol forte e ardente que viesse secar aquela umidade lodosa que se infiltrava em sua estrutura, fazendo-o apodrecer e sentir-se oco, como se fosse uma árvore sem raiz.

Mas a tormenta daquela noite excedera em muito todas as outras pelas quais passara até então, e ele sabia que aquilo era só o começo, apenas os primeiros círculos. Logo, os temporais de verão ganhariam mais força e freqüência, e ele não se sentia capaz de enfrentar a enxurrada de dor que cada tempestade desencadeava.

Por isso, assim que a luz do dia começou a penetrar pelas frestas da lataria, Zóião decidiu agir. Retirou com cuidado a lâmina que encobria um improvisado cofre no soalho do automóvel e foi resgatando os pacotinhos de moedas de um real, embaladas em montinhos de dez, que ali depositara, todos os dias, desde que se entocara no carro, há quase um ano. Contou e recontou o dinheiro várias vezes, embora soubesse de cor o resultado final daquela operação. Estava decidido a fazer uma nova proposta ao vendedor.

Quem sabe, com o acréscimo que obtivera em seu dinheiro na última semana, o outro topasse fechar o negócio. Afinal, faltava pouco para completar o valor estipulado de início.

Com esse pensamento, pôs-se a caminho, apressado e determinado, carregando a mochila como quem carregasse a própria vida.

Chegou cedo, esperou que o moço abrisse a salinha da administração e, como de costume, sentou-se à sua frente e tornou a explicar-lhe a situação: que o dinheiro estava quase completo, que não agüentava mais a ansiedade de resolver a questão, que o moço aceitasse o que ele tinha, que afinal estava pagando à vista, etc.

Depois de se certificar de que Zóião tinha mesmo a quantia referida, o homem por fim concordou. Como a escolha já havia sido feita antes, bastava preparar uns papéis, o recibo da compra e dar a ordem de transferência, quem sabe, ainda para o final daquela tarde. Sugeriu que o comprador voltasse dentro de três horas.

Três horas, pensou, era um nada para quem esperara quase um ano; além disso, precisava mesmo resolver alguns detalhes, entre eles, trocar as moedas todas por notas, o que demandaria algum tempo, apesar de toda a estratégia já ter sido planejada à exaustão.

Antes, passou no albergue, tomou um banho demorado, fez a barba. Só não quis almoçar.

No caminho de volta, parou em vários estabelecimentos, o último deles um pequeno depósito de ferragens, onde aproveitou para comprar os dois itens de que ainda precisaria.

Nem bem se esgotara o período combinado, estava de volta à salinha da administração. Assinou os papéis, fez o pagamento e ficou à espera de que o vendedor lhe dissesse quais seriam os próximos passos.

O moço da administração ordenou aos funcionários que começassem o serviço e disse que Zóião poderia acompanhar todo o processo, se quisesse.

Não quis.

Preferia ser avisado quando tudo estivesse pronto. Enquanto não chegasse a hora, ficaria por ali, se o vendedor não se importasse.

Ficou.

Gastou o tempo que restava acompanhando o juntar de nuvens no céu, respirando o cheiro da chuva que ele aprendera a adivinhar ao longe, sem conseguir concentrar o pensamento num ponto definido.

Não percebeu o tempo passar e só voltou a si quando um pingo pesado lhe caiu no olho no momento em que o vendedor veio avisar que já estava tudo em ordem e que ele podia, se desejasse, verificar o serviço.

Quando Zóião chegou perto, toda a dor represada naquele ano tomou-o como que de súbito, ao ver a casinha, pintada de branco, que se assemelhava a uma capela, cuja portinhola um funcionário do cemitério acabara de trancar.

Esperou que o homem recolhesse seus apetrechos, agradeceu e ficou espreitando-o até que ele desaparecesse de sua vista. Olhou em volta para se certificar de que ninguém o observava e tirou da mochila a ferramenta com a qual arrebentou o cadeado recém-colocado.

Com a porta de novo aberta, esgueirou-se pelo vão sem muita dificuldade, acostumado que era de entrar e sair do Passat pela janela estreita. Já dentro do jazigo, tirou da mochila outro cadeado e trancou a portinhola por dentro.

Descendo dois pequenos degraus, Zóião chegou a um vão em que seu corpo cabia até com alguma folga. Deitou-se ali sem muita dificuldade, sentindo aos poucos o coração serenar, até que o sono o tomou pela mão e ele adormeceu, sem fazer conta do temporal que desabava do lado de fora de sua nova e última morada.

Destino

"*Chega um tempo em que não se diz mais: 'meu Deus'.*
Tempo de absoluta depuração.
Tempo em que não se diz mais: 'meu Amor'.
Porque o amor resultou inútil.
E os olhos não choram.
E as mãos tecem apenas o rude trabalho.
E o coração está seco."

Carlos Drummond de Andrade

Dos mistérios da escrita

I

Brincávamos no último degrau de uma escada ainda sem reboco. Somente a luz pálida de uma lâmpada distante nos iluminava.

Rabiscávamos sobre os tijolos as primeiras letras que aprendêramos na escola – o infinito abecedário – código mágico que continha todas as coisas que foram, que eram e que ainda seriam para nós.

Falávamos das letras, se me recordo bem, atribuindo a cada vogal ou consoante o afeto que tínhamos pelos objetos que elas nomeavam. Até que alguém me perguntou de qual letra eu mais gostava.

Lembro que nossos olhares se cruzaram. Foi lento e breve aquele instante. Mas logo intuí a expectativa dele de que eu proferisse a sentença que revelaria para sempre o segredo guardado em mim.

Sustentei aquele olhar, mesmo com a face já incendiada pelo rubor e, sem titubear, respondi:

– Minha letra preferia é a letra *A*.

Ele riu um riso curto e satisfeito, voltou a rabiscar os tijolos, como se a resposta que eu dera em nada o surpreendesse. Instantes depois, desceu as escadas e sumiu na escuridão da noite.

Acho que naquele dia descobri o poder da misteriosa escrita. Da escrita que, numa só letra, revelara tão bruscamente meu amor infantil.

II

Anos mais tarde, estávamos novamente em semelhante condição. As letras do alfabeto, dessa vez pintadas em pedaços quadrados de papel cartão, formavam um circulo sobre a mesa. No meio, um copo com água, cujas minúsculas bolhas transparentes eram como um simulacro da nossa excitação.

Tínhamos escutado, nas conversas dos adultos, sempre ocupados em rituais estranhos para nós, que, dispostas em círculo, as letras eram capazes de nos revelar segredos do passado e do futuro. Bastava para isso que nos concentrássemos e fizéssemos as perguntas, e as letras se juntariam umas às outras, nos trazendo as respostas.

Com a respiração suspensa, demos início ao ritual como se participássemos de uma seita secreta. Inquirimos o copo, como faziam os iniciados, sobre a presença de algum ser de outra esfera cósmica disposto a aplacar nossa curiosidade sobre o insondável.

O copo deslizou de um ângulo a outro do círculo três vezes, até formar a palavra "SIM". Perguntamos então se nosso interlocutor estava só. O copo novamente percorreu a circunferência, meio errôneo, até formar um titubeante "NÃO".

Já não sei o que é invenção ou memória das respostas dadas naquela ocasião. Lembro-me apenas que em algum momento as letras começaram a nos contar da existência de outras vidas, da imortalidade da alma e da possibilidade de sermos únicos, mas habitarmos mundos, tempos e corpos diferentes dos que tínhamos então.

As letras nos revelaram também nomes incompreensíveis e datas longínquas, nos fazendo tremer de prazer e medo ao vislumbrarmos nossos corpos andando por arredores de quintas distantes, labirintos corroídos pelo tempo ou prados desabitados de cidades misteriosas.

Naquela noite, quase não consegui dormir. E quando finalmente o sono me venceu, sonhei que caminhava despreocupada por ruelas estreitas de uma cidade de pedra, sob um sol pálido de outono, quando ouvi o trote de cavalos, vindos de uma carruagem que se adiantou, parando poucos metros à minha frente.

Uma sensação estranha me fez imaginar que alguém ali esperava por mim. Atravessei a pequena viela de pedra num passo apressado e cheguei ofegante ao outro lado. Quando estava prestes a afastar a delicada cortina que ocultava o ocupante da carruagem, o homem que a conduzira até ali reteve minhas mãos. Disse-me que não era nada agradável de se ver o que se escondia atrás da cortina.

Não me lembro de tê-lo questionado. Recordo, no entanto, que me confidenciou baixinho ser o ocupante da carruagem um jovem nobre e muito doente que estava na cidade à procura de tratamento para um mal raro e progressivo.

Sem mais delongas, o condutor da carruagem se despediu de forma cortês e afastou-se. Movida pela curiosidade, olhei ainda uma última vez para dentro da carruagem e fiquei comovida quando um vento leve e frio levantou a ponta da cortina e pude vislumbrar, na mão do jovem, um delicado lenço, no qual estava bordada em verde-escuro a letra "A".

III

Eu já completara 18 anos quando conjeturei diversas formas e tons de dizer o indizível, mas a fala como que me faltava, mesmo nos patéticos ensaios em frente ao espelho. Ponderei, depois de muita angústia, que me tornara incapaz de falar claramente sobre aquela paixão.

Numa das freqüentes vezes em que nos encontrávamos, o que acontecia sobretudo em datas de aniversários, nascimentos e mortes, fiquei sabendo que ele agora tinha uma nova profissão.

Nunca me esquecerei do deslumbramento experimentado ao vê-lo sentado diante de uma prancheta – estrategicamente colocada embaixo da janela para tomar emprestada a claridade do sol – colando palavras nas páginas ainda em branco de um grande livro. Ele se tornara uma espécie de tipógrafo. Seu trabalho era montar, palavra por palavra, livros, os quais mal sabia quem escrevera.

Àquela visão, concebi o tão ansiado artifício para revelar-lhe meus sentimentos, sem a necessidade de expor a inquietação do meu peito, ou o tremor dos meus lábios àquele olhar inquisidor. Se eu era incapaz de declarar-me, letra por letra, com minha própria voz, então escreveria.

Naquele mesmo dia, dei início à aflitiva missão. Comprei papéis e envelopes coloridos, juntei toda a ínfima poesia que era capaz de articular e escrevi uma primeira carta.

O conteúdo foi se perdendo no tempo – o esquecimento é um amigo discreto e generoso. Recordo bem, no entanto, que não fui capaz de assiná-la. Seria, em vista de minha total covardia, uma carta anônima, o que redundava numa atitude absolutamente despropositada. Como eu poderia me declarar, se era incapaz de me nomear?

Tentei persuadir-me da eficiência daquele ato, dizendo que só usaria daquele recurso na primeira carta, e que, assim, eu poderia sondar as reações dele, e, na segunda correspondência, revelar-me de modo integral. Mas esse intuito se perdeu completamente quando os rumores de uma paixão misteriosa começaram a mexer com a imaginação de todos os que tomaram conhecimento da tal carta.

Mantive meu propósito de escrever, porém permaneci oculta na confortável condição do anonimato. Foram sete cartas, eu acho, cada uma numa cor diferente de papel, postadas, religiosamente, todas as sextas-feiras. Na última delas, dei uma pista de minha identidade, ao reproduzir na carta um trecho de um poema que ele escrevera em um antigo caderno meu, copiado às cegas de um livro, que, eu sabia, ele nunca havia lido.

Durante muito tempo me perguntei se ele conseguiu decifrar o enigma daquelas letras, já que nunca tive coragem de interrogá-lo diretamente.

IV

Com o correr dos anos, a vida tomou outros rumos, embora nos sonhos aquele querer ainda me rondasse.

Certa vez, encontrei numa praia um músico, que, além de tocar com doçura uma flauta artesanal, conversava comigo escrevendo suas falas na areia. Mas o vento, e por vezes a água, me impediam de ler as frases até o final, o que me permitia compreender apenas trechos esparsos daqueles diálogos.

Falava-me, se me lembro bem, de uma crença antiga de que todo homem um dia há de encontrar o seu outro. Esse outro seria capaz de comportamentos e sentimentos diametralmente opostos aos do eu verdadeiro. *"É o nosso anverso, nosso contrário, o que nos complementa, o que não somos nem seremos"* – dizia-me.

Explicou-me que o outro poderia se apresentar num corpo idêntico ao nosso ou, o que me parecia mais extraordinário, em alguém completamente diferente de nós.

Quis perguntar em que momento da vida costuma se dar o tal encontro, e se todos são dotados da capacidade de reconhecer no outro o seu eu. Ele assentiu ao meu pedido e tornou a escrever na areia a parte que lhe cabia na conversação. Desta vez, no entanto, não pude compreender uma palavra sequer do que escrevia, pois o fazia numa linguagem estranha à minha.

Como não conseguisse se fazer entender, tomou a flauta nas mãos novamente, acenou-me apenas com o olhar e se afastou devagar, tocando uma triste melodia, até desaparecer de todo. Fiquei na beira da praia até que a pequena fogueira que me iluminava se transformasse em cinzas.

Durante todo o tempo que o vento e o mar me permitiram, mantive os olhos grudados naquela escrita, na tentativa de fixar os símbolos na mente e, quem sabe depois, tentar decifrá-los. Notei, nesse meu intento, que uma letra (se é que podia chamá-la assim) se repetia várias vezes numa mesma sentença.

No despertar do sonho, a memória apagou de mim toda a escrita, ou quase toda; já aquela letra mantinha-se grafada e sublinhada nos recantos mais obscuros do meu pensamento. Gastei meses revirando livros no intuito de desvendar o mistério, mas de nada parecia valer meu esforço.

Até que me deparei com uma teoria escrita num livro antigo, segundo a qual aprender é relembrar, relembrar algo aprendido num tempo longínquo e impreciso.

Apazigüei meu coração, na certeza de que, mais dia menos dia, conseguiria finalmente me lembrar daquilo que, eu intuía, estava apenas oculto em algum lugar dentro de mim.

V

Foi num crepúsculo de outono, quando as primeiras constelações começavam a se desenhar no céu. Andava por uma praça, ouvindo o barulho das folhas secas se arrastando pelo chão.

O vento outonal me fez lembrar da história de uma sacerdotisa delirante que escrevia os destinos revelados pelos deuses sobre folhas, as quais guardava dentro do tronco da árvore em que morava.

Quando as pessoas se dirigiam ao famoso oráculo, e o gonzo da porta se movia, o vento embaralhava as folhas, e ela nem se preocupava em ordená-las novamente, o que talvez explicasse as previsões genéricas e desprovidas de sentidos objetivos que costumava fazer.

Estava ainda absorta pela lembrança da sacerdotisa em delírio, quando esbarrei em um rapaz que caminhava na direção oposta à minha.

Ao encontro inesperado dos corpos, o livro que ele trazia consigo caiu-lhe das mãos. Tinha a capa de um amarelo muito vivo, sobre a qual estava grafado o tão procurado símbolo. Logo abaixo da inscrição impressa em tinta negra, podia-se ler: *O Aleph*. Aquela era, soube depois, a primeira letra do alfabeto hebraico, que em minha língua materna corresponderia à letra *A*.

Apanhei o livro do chão e o devolvi ao rapaz, não sem antes retê-lo por alguns segundos nas mãos, imaginando que segredos encerrariam aquelas páginas. Refleti que ali estivessem, talvez, as respostas para todas as reticências daquele diálogo mudo do sonho que ainda ressoava em mim.

Depois de errar por inúmeros dias, encontrei finalmente *O Aleph*. Devorei cada linha daquele livro, na esperança vã de encontrar respostas.

Quase duzentas páginas depois, tudo o que me restavam eram dúvidas, mais atrozes talvez do que aquelas que tinham me levado a ele.

O Aleph era apenas um começar. Uma espécie de pedra fundamental de um desconhecido e intrincado jogo, cujas cartas (ou seriam letras?) permitiam inúmeras combinações, resultando em infinitas possibilidades de palavras, sentenças, idéias, páginas, livros, destinos.

Conjeturei ser necessário desandar de forma linear e recompor o trajeto que me levara até ali e, quem sabe assim, compreender. De referências em referências, fui voltando ao passado. Mas nesse caminhar entre letras, acabei vitimada por uma nova e talvez mais funesta obsessão. Ler e reler as inscrições já não me bastava. Precisava escrevê-las também. Combiná-las. Tecê-las em mim.

Desde então, escrevo. Amadurecido, o eu que rabiscava letras sobre tijolos na infância e escrevia cartas anônimas na adolescência, fez da escrita sua religião e da palavra seu amuleto de fé. Mas jamais se livrou da sensação de ser um mero tipógrafo a colar palavras num imenso livro em branco, sem, no entanto, descobrir um sentido para esse fazer.

ABRAÇOS NEGADOS

Quando cheguei aos 40 anos, notei que meus sonhos tornaram-se mais esparsos e densos. Certa vez, me vi numa espécie de jardim mágico, no qual, em lugar de flores e frutos, brotavam das plantas apenas livros. Andando em meio aos galhos envergados ao peso das brochuras, percebi que todos os exemplares eram assinados por um único autor.

Depois de certificar-me de que ninguém me observava, tomei para mim aquele que me parecia o livro mais intrigante, por coincidir com o espetáculo miraculoso que se apresentava aos meus olhos: *"O livro dos seres imaginários"*, repeti baixinho, ao ler o título impresso na capa em estilo antigo.

Trazidos por um desses reveses inexplicáveis que envolvem toda experiência onírica – ou quem sabe pela frase que eu proferira sozinha –, dois homens apareceram do nada e me pegaram, digamos assim, em flagrante delito. Encaminharam-me então a uma espécie de câmara secreta, na qual, eu sabia, teria de me justificar.

O homem que lá me aguardava era, soube depois, o dono daquele imenso jardim. Completamente cego, aproximou-se de mim e perguntou-me, sem virar o rosto em minha direção, por que eu me arriscara a roubar um objeto, nada mais que um objeto, sem nenhum valor aparente.

Expliquei-lhe que há muito tempo andava a procurar um caminho que me levasse ao centro de mim, e, quem sabe, ao encontro com meu outro.

Disse-lhe também precisar, desesperadamente, descobrir uma fórmula que me revelasse todos os saberes ocultos em minha memória.

Quem sabe assim, argumentei, eu conseguisse livrar-me em definitivo de uma sede aterradora de conhecer e decifrar palavras, mal desencadeado, ainda na infância, com um rabiscar de letras em tijolos.

O homem então me pegou pela mão e me conduziu a uma porta falsa que dava para uma rua estreita de paralelepípedos. Pensei no irônico daquela situação: era ele o cego e, no entanto, eu é que parecia errar pela escuridão.

Começou me dizendo que "o caminho", dito assim, no singular, não existia, ou pelo menos nada nem ninguém até então pudera provar sua existência concreta. *"O que existe é o caminhar. E o caminhar é o que faz o caminho"*, disse com a voz meio embargada, como se algo naquelas palavras o tocasse muito profundamente.

Como percebesse que eu não compreendia de todo aquela explicação, virou-se generosa e amavelmente, apontou para o final da rua e disse: *"Os caminhos sempre se bifurcam, e cabe a você, ou ao acaso, decidir que direção trilhar. Seja como for, para não se perder, é preciso que você caminhe sempre um pouco acima do chão".*

Foi então que me dei conta de que estivera, mais do que ele, com os olhos vendados. O homem me falara metaforicamente. Havia um sentido oculto por trás daquelas sentenças. Quis perguntar mais, inquiri-lo sobre as palavras por trás das palavras, mas não pude fazê-lo. Algo nele – um gesto vago, um suspiro ou algo assim – me fez entender que nada além do que me dissera era-lhe permitido revelar.

Antes de se despedir, ele tirou do bolso do paletó um cartão em branco e uma caneta. Apoiou o cartão na palma da mão, e apesar da cegueira, escreveu bem no centro.

Compreendi, sem que nada ele dissesse, que aquele autógrafo, aparentemente despropositado, serviria como uma espécie de prova de que estivéramos juntos.

Guardei o cartão e fiquei ali, parada, enquanto o homem vestido num terno cinza chumbo, muito alinhado, atravessou o limiar de uma porta e foi se afastando lentamente. Ainda pude ouvi-lo, falando baixinho como se orasse, em frases entrecortadas: *"Não esperes que o rigor do teu caminho / que teimosamente se bifurca em outro / tenha fim. / É de ferro teu destino..."*

Ouvi o eco das frases ainda por um bom tempo, até que o perdi de vista, entre as inúmeras fileiras de uma imensa biblioteca. Quando olhei novamente para o cartão, o nome dele não estava lá. Em seu lugar, apenas o branco e, no centro, a letra *A*.

VI

Oitenta anos se passaram desde aquela noite na escada. Ontem, recebi uma carta. O envelope pardo trazia apenas meu primeiro nome sobrescrito. A caligrafia rebuscada denunciou de pronto o remetente não-identificado.

Senti meu coração agigantar-se no peito e o sangue, engrossado pelo tempo, aquecer meu rosto como na infância, a ponto de me surpreender ao apalpar as rugas que agora me marcam as faces.

Abri o envelope com delicada devoção. Dentro do primeiro, encontrei sete outros menores, cujas cores – não sei se pela emoção ou pela camada cristalina agora depositada na retina de meus olhos – sou incapaz de descrever.

Apanhei os óculos na cabeceira da cama e fui abrindo cada uma das cartas como quem retorna à casa na qual morou na infância e se surpreende com as dimensões reduzidas do que na memória ficou gravado como infindável. Fui lendo e recolocando-as novamente dentro do envelope, como se cada um desses gestos antecipasse uma despedida. O tremor do corpo (ou seria da alma?) chegou ao extremo ao me ver com uma oitava carta em mãos. O envelope, de um escarlate rutilante, parecia queimar-me as palmas. Desfiz com a ponta dos dedos o fecho delicado do papel, desdobrei-o lentamente e me pus a ler:

"Ontem fui, e amanhã serei outros seres distintos, com vontades e valores diferentes, embora fisicamente eu. Nesse instante, quisera ser um só. Sentir, dizer, expressar... Se, de um instante a outro, essas três partes coexistem, se confundem, ora pela responsabilidade, ora pela moral, pela vontade do belo, do culto, do oculto... Não quis me perder para não ter de me achar. E meu erro vai durar o quanto durarem as palavras para corrigi-lo. Hoje, enfim, no fim, encontro a coragem necessária para escrevê-las. Tomo para mim seu antigo lugar. Escrevo, novamente usando o poema de outro, que deveria ter completado há tantos anos. Sei que é tarde. Mas, creio, minhas palavras terão eco na eternidade. Parto, mas não estou só. Sou dois. Porque sou, e sempre fui, nós."

A.

VII

Passos lentos, olho para cima. Estou a três degraus do topo da escada. A cerâmica que agora reveste os antigos tijolos está escorregadia. Molhada pelo sereno, desequilibra-me. Respiro, esforço-me um pouco mais, até que consigo alcançar o último lance. Fecho os olhos. Abro os olhos. Não sei mais onde começa ou termina a escuridão da noite. Tiro do bolso do casaco a folha, mas já não preciso ler. Digo em voz alta minha derradeira oração:

"A velhice...pode ser o tempo de nossa felicidade. / O animal morreu ou quase morreu. / Restam o homem e sua alma. / Vivo entre formas luminosas e vagas / que não são ainda a escuridão... / Sempre em minha vida foram demasiadas as coisas. / Demócrito de Abdera arrancou os próprios olhos para pensar. / O tempo foi meu Demócrito. / Esta penumbra é lenta e não dói; / flui por um manso declive / E se parece à eternidade. / Meus amigos não têm rosto... / as esquinas podem ser outras, / não há letras nas páginas dos livros. / Tudo isso deveria atemorizar-me, / mas é um deleite, um retorno. / Das gerações de textos que há na terra / só terei lido uns poucos, / os que continuo lendo na memória, / lendo e transformando. / Do Sul, do Leste, do Oeste, do Norte / convergem os caminhos que me trouxeram / a meu secreto centro. / Esses caminhos foram ecos e passos, / mulheres, homens, agonias, ressureições, / dias e noites, / entressonhos e sonhos, / cada ínfimo instante do ontem / e dos

ontens do mundo... / os atos dos mortos, / o campartilhado amor, as palavras... / a neve e tantas coisas. / Agora posso esquecê-las. / Chego a meu centro, / a minha álgebra e minha chave, / a meu espelho. / Breve saberei quem sou."

J. L. B.

Sobre a autora

Simone Paulino tem 32 anos e nasceu em São Paulo. Formou-se em Jornalismo na Faculdade de Comunicação Social Cásper Líbero em 2000. Foi colaboradora do caderno "Folha Equilíbrio", do Jornal *Folha de S. Paulo*, e da *Revista Saúde*, da Editora Abril. Nesta última, recebeu em 2002 o Prêmio Abril de Jornalismo pela reportagem "Seu Coração" publicada em março de 2001. Durante quatro anos, participou das atividades da Escola de Escritores, do Projeto Literário Mosaico, onde começou a escrever seus primeiros contos – entre eles, *Da Difícil Arte de Fabricar Sapatos*, premiado em 2001, no Concurso Nacional de Contos José Cândido de Carvalho. É co-autora do livro *Identidade de um Morador de Rua*, publicado pela Legnar Editora em 2003.

www.simonepaulino.blogger.com.br
simonepaulino@uol.com.br